林贤治 主编
百年中篇典藏

关于詹牧师的报告文学

史铁生 著
章德宁 编

南方出版传媒
花城出版社
中国·广州

图书在版编目（CIP）数据

关于詹牧师的报告文学 / 史铁生著；章德宁编. -- 广州：花城出版社，2021.3
（百年中篇典藏 / 林贤治主编）
ISBN 978-7-5360-9088-0

Ⅰ. ①关… Ⅱ. ①史… ②章… Ⅲ. ①中篇小说－小说集－中国－当代 Ⅳ. ①I247.5

中国版本图书馆CIP数据核字(2020)第224007号

出 版 人：肖延兵
丛书策划：张　懿
出版统筹：邹蔚昀
责任编辑：郑秋清
技术编辑：凌春梅
装帧设计：林露茜

书　　名	关于詹牧师的报告文学
	GUAN YU ZHAN MU SHI DE BAO GAO WEN XUE
出版发行	花城出版社
	（广州市环市东路水荫路11号）
经　　销	全国新华书店
印　　刷	恒美印务（广州）有限公司
	（广州南沙经济技术开发区环市大道南路334号）
开　　本	880毫米×1230毫米　32开
印　　张	5.75　2插页
字　　数	120,000字
版　　次	2021年3月第1版　2021年3月第1次印刷
定　　价	49.80元

如发现印装质量问题，请直接与印刷厂联系调换。
购书热线：020-37604658　37602954
花城出版社网站：http://www.fcph.com.cn

总序

林贤治

中国新文学从产生之日起，便带上世界主义的性质。这不只在于由文言到白话的转变，重要的是文学观念的革新。从此，出现了新的文体，新的主题，新的场景、人物和故事，于是一个新的文学时代开始了。

以文体论，所谓"文学革命"最早从诗和散文开始。小说是后发的，先是短篇，后是中篇和长篇，作者也日渐增多起来。由于五四的风气所致，早期小说的题材多囿于知识人的家庭冲突和感情生活；继"畸零人"之后，社会底层多种小人物出现了，广大农民的命运悲剧与农村中的阶级斗争进而廓张了小说的疆域，随后，城市工人与市民生活也相继进入了小说家的视野。小说以它的叙事性、故事性，先天地具有一种大众文化的要素，比较诗和散文，影响更为迅捷和深广。

从小说的长度看，中篇介于短篇与长篇之间，但也因此兼具了两者的优长。由于具有相当的体量，中篇小说可以容纳更多的社会内容；又由于结构不太复杂而易于经营，所以，自二十世纪二十年代以来，小说家多有中篇制作。论成就，或许略逊于长篇，但胜于短篇是肯定的。

一九二二年，鲁迅在报上连载《阿Q正传》。这是新文学运动发生以后的第一个中篇小说，在革命的大背景下，为国人的灵魂造像；形式之新，寓意之深，辉煌了整个文坛。阿Q，作为一个典型人物，相当于塞万提斯笔下的堂·吉诃德，在中国，为广大的人们所熟知，他的"精神胜利法"成了民族的寓言。在二十年代，创造社和文学研究会的作家创作颇丰，中篇小说作家有郁达夫、废名、许地山、茅盾，以及沅君、庐隐、丁玲等。郁达夫在五四文学中享有盛名。他的小说，最早创造了"零余者"的形象，其中自我暴露、性描写，在当时是惊世骇俗的，虽然有颓废的倾向，却不无反封建的进步的意义。《迷羊》《她是一个弱女子》是他的代表性作品，打着时代特有的个性主义和人道主义的双重烙印。在丁玲的《莎菲女士的日记》中，作为刚刚觉醒的女性主义者，追求个性解放和自由恋爱的莎菲女士，结果陷入歧路彷徨、无从选择的困局之中，表现了一代五四新女性所面临的新观念与旧事物相冲突的尴尬处境。继鲁迅之后，一批"乡土作家"如台静农、蹇先艾、许钦文、王鲁彦等崛起文坛，是当时的一个突出的文学现象。但是佳作不多，中篇绝少。

毕竟是新文学的发轫期，二十世纪二十年代的小说大多流于粗浅，至三十年代，作家队伍迅速扩大，而且明显地变得成熟起来。有三种文学，其中一种是所谓"民族主义文学""三民主义文学"；另一种与官方文学相对立，在当时声势颇大，称为"左翼文学"。以"左联"为中心，小说作家有茅盾、柔石、蒋光慈、叶紫、张天翼、丁玲，外围有影响的还有萧军、萧红等。其中，中篇如《林家铺子》《二月》《丽莎的哀怨》

《星》《八月的乡村》《生死场》，都是有影响的作品。茅盾素喜取景历史的大框架，早期较重人物的生理和心理描写，有点自然主义的味道，后来有更多的理性介入，重社会分析。中篇《林家铺子》讲述杭嘉湖地区一个小店铺老板苦苦挣扎，终于破产的故事。同《春蚕》诸篇一起，展开二十世纪三十年代民族危难、民生凋敝的广阔的社会图景。《二月》是柔石的一部诗意作品。小说在一个江南小镇中引出陶岚的爱情，文嫂的悲剧，和一个交头接耳、光怪陆离而又死气沉沉的社会。最后，主人公萧涧秋在流言的打击下，黯然离开小镇。作者以工妙的技巧，揭示了知识分子在残酷的现实生活中进退失据的精神状态。诗人蒋光慈的小说《丽莎的哀怨》《冲出云围的月亮》发表后，受到左翼作家的批判，影响轰动一时。其实"革命+恋爱"的创作模式，并不能遮掩小说所展露的人性的光辉。特别在充斥着"左"倾教条主义政治话语的语境中，作者执着于对"人"的描写，对人性与环境的真实性呈现，是极为难得的。萧军和萧红是东北流亡作家，作品充满着一种家国之痛。《八月的乡村》以场景的连缀，展示了与日本和伪满洲国军队战斗的全貌。《生死场》超越民族和国家的限界，着眼于土地和人的生存。"在乡村，人和动物一起忙着生，忙着死"，是贯穿全篇的主旋律。小说有着深厚的人本主义的内涵，带有启蒙的意义。

此外，还有一种文学，来自一批自由派作家，独立的作家，难以归类的作家。如老舍、巴金、沈从文等，在艺术上，有着更为自觉的追求。像沈从文的《边城》《长河》，就没有左翼作品那种强烈的阶级意识。沈从文自称"是个不想明白道理却永远为现象所倾心的人"。他倾情于"永远的湘西"，着意于表现自然之美与野蛮的力，叙述是沉静的，描写是细致的，一些残酷的血腥的故事，在他的笔下，也都往往转换成文化的美，诗意的美，而非伦理的美。巴金早期的小说颇具政治色彩，如《灭亡》；而《憩园》，则是一种挽歌调子，很个人化的。施蛰存等一批上海作家是另一种面貌，他们颇受西方现代派文学的影响，从事实验性写作。不过，值得指出的是，左翼作家是一批青年叛逆者，敢于正视现实、反抗黑暗；其中有些作品虽然因意识形态的影响而在一定程度上削弱了艺术的力量，但是仍然不失为当时最为坚实锋锐的文学，是五四的"人的文学"的合理的延伸。

整个二十世纪四十年代动荡不安。这时，除了早年成名的作家遗下一些创作外，新进的作家作品不多，突出的有张爱玲的《金锁记》和路翎的《饥饿的郭素娥》。张爱玲善于观察和描写人性幽暗的一面，《金锁记》可谓代表作。路翎的《饥饿的郭素娥》何尝不是写人性，却是张扬的、光明的、美善的。在劳动妇女郭素娥的身上，不无精神奴役的创伤，却更多地表现出了与命运抗争的顽强的生命力。延安文学开拓出另一片天地：清新、简朴、颂歌式。丁玲的《在医院中》《我在霞村的时候》，以及赵树理的《小二黑结婚》《李有才板话》，形态很不相同，但在文学史上都有着全新的意义。在丁玲这里，明显地带有五四时期的个人主义和女性主义的残留，所以当时遭到不合理的批判。赵树理的小说，可以说专写农村和农民，但不同于此前知识分子作家的乡土小说，强调的不是苦难，而是新生的活力和希望。语言形式是民族的、传统的，结合现代小说的元素，有个人的创造性，但无疑地更加切合时代的需要。所以，周扬高度评价赵树理的作品，称为"新文艺的方向"。

一九四九年以后，中国有了统一的文坛。从五十年代初期的文艺整风开始，多种政治运动接连不断，对作家的思想、个性和创造力造成了不同程度的损害。比如对萧也牧的《我们夫妇之间》的批判，以及随后对路翎入朝创作的《洼地上的"战役"》等小说的批判，都在小说界产生了直接的消极影响。

二十世纪五六十年代的中短篇小说颇为寥落。少数青年作者带有锐意的作品，如王蒙的《组织部来了个年轻人》，较早表现反官僚主义的主题。小说也许受到来自苏联的"写真实""干预生活"等理论和作品的影响，但是作者无意模仿，这里是来自五十年代中国的真实生活，和一个"少布"的理想激情的历史性相遇。它的出现，本是文学话语，通过政治解读遂成为"毒草"，二十年后同众多杂草一起，作为"重放的鲜花"傲然出现。老作家孙犁以一贯的诗性笔调写农业合作化运动，自然被"边缘化"；赵树理一直注目于农村中的"中间人物"，却在一九六二年著名的"大连会议"之后为激进的批判家所抛弃。"文革"十年，文坛荒废，荆棘遍地；所谓"迷阳聊饰大田荒"，甚至连迷阳也没有。

"文革"结束以后，地下水喷出了地面。以短篇小说《伤痕》为标志的一种暴露性文学出现了，此时，一批带有创伤记忆的中篇如《天云山传奇》《犯人李铜钟的故事》《大墙下的红玉兰》《绿化树》《一个冬天的童话》《被爱情遗忘的角落》等同时问世。《绿化树》叙写的是右派章永璘被流放到西北劳改农场的经历，是张贤亮描写中国知识分子历史命运的一部力作。与其他"大墙文学"不同的是,作者突出地写了食和性。通过对主人公一系列忏悔、内疚、自省等心理活动的描写,对饥饿包括性饥饿的剖视,真实地再现了特定年代中的知识分子的苦难生活。作者还创作了系列类似的小说,名为"唯物论者的启示录",对一代知识分子命运作了深入的反思。张弦的小说,妇女形象的描写集中而出色。《被爱情遗忘的角落》《未亡人》《挣不断的红丝线》,其中的女性,无论在农村还是城市,无论是少女还是寡妇,都是生活中的弱势者,极"左"路线下的不幸者、失败者和牺牲者。驰骋文坛的,除了伤痕累累的老作家之外,又多出一支以知青作家为代表的新军,作品有张承志的《北方的河》《黑骏马》,王小波的《黄金时代》,阿城的《棋王》等。或者表达青年一代被劫夺的苦痛,或者表现为对土地和人民的皈依,都是去除了"瞒和骗"的写真实的作品。这时,关注现实生活的小说多起来了。无论是蒋子龙的《乔厂长上任记》、高晓声的《陈奂生上城》,还是谌容的《人到中年》、路遥的《人生》,都着意表现中国社会的困境,不曾回避转型时期的问题。《人到中年》通过中年眼科大夫陆文婷因工作和家庭负担过重,积劳成疾,濒临死亡的故事,揭示中国知识分子的生存现状,可谓切中时弊。小说创造了陆文婷这个悲剧性的英雄形象,富于艺术感染力,一经发表,立即引起社会的巨大反响。

  二十世纪八十年代初期中国作家非常活跃,带来中篇小说空前的繁荣。这时,出现了重在人性表现的另类作品,如汪曾祺的《受戒》《大淖记事》,张洁的《爱,是不能忘记的》,还有史铁生的《关于詹牧师的报告文学》《命若琴弦》等,显示了创作的多元化倾向。汪曾祺的小说创作起步于二十世纪四十年代,却因时代的劫难,空置几十年之后,终至大器晚成。他自称是"一个中国式的抒情的人道主义者",小说多叙民间故事,十足的中国风。《大淖记事》乃短篇连缀,散文化、抒情性,气象阔大,尺幅千里,在他的作品中是有代表性的。

八十年代中期,"思想解放运动"落潮,美学热、文化热兴起。在文学界,"寻根文学""先锋小说"应运而生。"寻根"本是现实问题的深化,然而,"寻"的结果,往往"超时代",脱离现实政治。王安忆的《小鲍庄》,以多元的叙述视角,通过对淮北一个小村庄几户人家的命运,尤其是捞渣之死的描写,剖析了传统乡村的文化心理结构,内含对国民性及现实生活的双面批判,是其中少有的佳作。"先锋小说"在叙事上丰富了中国小说,但是由于欠缺坚实的人生体验,大体浅尝辄止,成就不大,有不少西方现代主义的赝品。

至九十年代,中篇小说创作进入低落、平稳的状态。这时,作家或者倡言"新写实主义","分享艰难",或者标榜"个人化叙事",暴露私隐。无论回归正统还是偏离正统,都意味着文学进入了一个思想淡出、收敛锋芒的时期。王朔是一个异类,嘲弄一切,否弃一切;他的作品,容易让人想起鲁迅的名文《流氓的变迁》,却也不失其解构的意义。这时,有不少作家致力于历史题材的书写或改写,莫言的《红高粱》写抗战时期的民众抗争,格非的《迷舟》写北伐战事,从叙述学的角度看,明显是另辟蹊径的。苏童的《妻妾成群》,写的是大家族的妇女生活。在大宅门内,正妻看透世事,转而信佛;

小妾却互相倾轧,死的死,疯的疯。这些女人,都需要依附主子而活,互相迫害成为常态,不失为一个古老的男权社会的象征。尤凤伟的《小灯》和林白的《回廊之椅》写历史运动,视角不同,笔调也很不一样。尤凤伟重写实,重细节,笔力雄健；林白则往往避实就虚,描写多带诗性,比较丁玲的《太阳照在桑干河上》和周立波的《暴风骤雨》等经典作品,却都是带有颠覆性的叙述。贾平凹有一个关于土匪生活的系列中篇,艺术上很有特色。现实题材中,余华的《许三观卖血记》,刘庆邦的《到城里去》,迟子建的《世界上所有的夜晚》,胡学文的乡土故事和徐则臣的北漂系列,多向写出"新时期"的种种窘态。钟求是的《谢雨的大学》,解析当代英雄,包括大学教育体制,是一个值得注意的作品。关于官场、矿区、下岗工人、性工作者,现代化、城市化过程中的一些重大的社会事件和现象,都在中篇创作中有所反映,但大多显得简单粗糙,质量不高。

　　一百年来,经过时间的淘洗,积累了一批具有经典性、代表性的中篇小说。"百年中篇典藏"按现代到当代的不同时段,从中遴选出二十四部作品,同时选入相关的其他中短篇乃至散文、评论若干一起出版。宗旨是,使读者对具体的作家、作品,乃至一百年来中篇小说创作的源流状貌有一个较为完整的了解。

作者简介

史铁生（1951—2010），原籍河北涿州。1951年生于北京。1967年毕业于清华附中初中，1969年去延安地区插队落户。1972年因双腿瘫痪回到北京。在街道工厂工作，后因急性肾损伤，回家疗养。1979年后相继有《我的遥远的清平湾》《命若琴弦》《我与地坛》《务虚笔记》等小说与散文发表。1998年终致尿毒症，终致透析。病情稳定后，有随笔集《病隙碎笔》、散文集《记忆与印象》以及长篇小说《我的丁一之旅》出版。2010年有人民文学出版社出版随笔集《扶轮问路》和剧本与影评集《妄想电影》。2010年12月31日因病在北京去世。

其作品多次获奖，主要有：《我的遥远的清平湾》获1983年全国优秀短篇小说奖；《奶奶的星星》获1984年全国优秀短篇小说奖；１９９４年获庄重文文学奖；１９９７年长篇小说《务虚笔记》获上海市长篇小说奖；１９９８年小说《老屋小记》获首届鲁迅文学奖和北京市文学艺术奖；2002年，荣获华语文学传播大奖年度杰出成就奖，同年，《病隙碎笔》（之六）获首届"老舍散文奖"一等奖，随笔集《病隙碎笔》获第三届鲁迅文学奖散文作品奖。

史铁生与父母

在地坛公园

在农村

与小读者卢涤非在朝阳公园

与美国体坛名将刘易斯

给盲童朋友

各位盲童朋友，我们是朋友。我也是个残疾人，我的腿从21岁那年开始不能走路，到现在我坐着轮椅又已度过了34年。残疾送给我们的困苦和磨难，我们都心里有数，所以不必说了。以后，毫无疑问，残疾还会一如既往地送给我们困苦和磨难，对此我们得有足够的心理准备。我想，一切外在的艰难和阻碍都不算可怕，只要我们的心理是健康的。

譬如说，我们是朋友，但并不因为我们都是残疾人我们才是朋友，所有的健全人其实都是我们的朋友，一切人都应该是朋友。

我们除了比别人少两条腿或少一双眼睛之外，除了比别人多一

目录

奶奶的星星　史铁生　/1
关于詹牧师的报告文学　史铁生　/39
命若琴弦　史铁生　/104

我与地坛　史铁生　/130
熟练与陌生　史铁生　/152

给冯丽　史铁生　/155

史铁生创作年表　/158

奶奶的星星

史铁生

世界给我的第一个记忆是：我躺在奶奶怀里，拼命地哭，打着挺儿，也不知道是为了什么，哭得好伤心。窗外的山墙上剥落了一块灰皮，形状像个难看的老头儿。奶奶搂着我，拍着我，"噢——噢——"地哼着。我倒更觉得委屈起来。"你听！"奶奶忽然说，"你快听，听见了吗……"我愣愣地听，不哭了，听见了一种美妙的声音，飘飘的、缓缓的……是鸽哨儿？是秋风？是落叶滑过屋檐？或者，只是奶奶在轻轻地哼唱？直到现在我还是说不清。"噢噢——睡觉吧，麻猴儿来了我打它……"那是奶奶的催眠曲。屋顶上有一片晃动的光影，是水盆里的水反射的阳光。光影也那么飘飘的、缓缓的，变幻成和平的梦境，我在奶奶怀里安稳地睡熟……

我是奶奶带大的。不知有多少人当着我的面对奶奶说过：

"奶奶带起来的,长大了也忘不了奶奶。"那时候我懂些事了,趴在奶奶膝头,用小眼睛瞪那些说话的人,心想:瞧你那讨厌样儿吧!翻译成孩子还不能掌握的语言就是:这话用你说吗?

奶奶愈紧地把我搂在怀里,笑笑:"等不到那会儿哟!"仿佛已经满足了的样子。

"等不到哪会儿呀?"我问。

"等不到你孝敬奶奶一把铁蚕豆。"

我笑个没完。我知道她不是真么想。不过我总想不好,等我挣了钱给她买什么。爸爸、大伯、叔叔给她买什么,她都是说:"用不着花那么多钱买这个。"奶奶最喜欢的是我给她踩腰、踩背。一到晚上,她常常腰疼、背疼,就叫我站到她身上去,来来回回地踩。她趴在床上"哎哟哎哟"的,还一个劲儿夸我:"小脚丫踩上去,软软乎乎的,真好受。"我可是最不耐烦干这个,她的腰和背可真是够漫长的。"行了吧?"我问。"再踩两趟。"我大跨步地打了个来回:"行了吧?""唉,行了。"我赶快下地,穿鞋,逃跑……

于是我说:"长大了我还给您踩腰。"

"哟,那还不把我踩死?"

过了一会儿我又问:"您干吗等等不到那会儿呀?"

"老了,还不死?"

"死了就怎么了?"

"那你就再也找不着奶奶了。"

我不嚷了,也不问了,老老实实依偎在奶奶怀里。那又是世界给我的第一个可怕的印象。

一个冬天的下午，一觉醒来，不见了奶奶。我扒着窗台喊她，窗外是风和雪。"奶奶出门儿了，去看姨奶奶。"我不信，奶奶去姨奶奶家总是带着我的。我整整哭喊了一个下午，妈妈、爸爸、邻居们谁也哄不住，直到晚上奶奶出我意料地回来。这事大概没人记得住了，也没人知道我那时想到了什么。小时候，奶奶吓唬我的最好办法，就是说："再不听话，奶奶就死了！"

夏夜，满天星斗。奶奶讲的故事与众不同，她不是说地上死一个人，天上就熄灭了一颗星星，而是说，地上死一个人，天上就又多了一个星星。

"怎么呢？"

"人死了，就变成一个星星。"

"干吗变成星星呀？"

"给走夜道儿的人照个亮儿……"

我们坐在庭院里，草茉莉都开了，各种颜色的小喇叭，掐一朵放在嘴上吹，有时候能吹响。奶奶用大芭蕉扇给我轰蚊子。凉凉的风，蓝蓝的天，闪闪的星星，永远留在我的记忆里。

那时候我还不懂得问，是不是每个人死了都可以变成星星，都能给活着的人把路照亮。

奶奶已经死了好多年。她带大的孙子忘不了她。尽管我现在想起她讲的故事，知道那是神话，但到夏天的晚上，我却时常还像孩子那样，仰着脸，揣摸哪一颗星星是奶奶的……我慢慢去想奶奶讲的那个神话，我慢慢相信，每一个活过的人，都能给后人的路途上添些光亮，也许是一颗巨星，也许是一把火炬，也许只是一支含泪的烛光……

奶奶是小脚儿。奶奶洗脚的时候总避开人。她避不开我，我是"奶奶的影儿"。

"这有什么可看的！快着，先跟你妈玩儿去。"

我蹲在奶奶的脚盆前不走。那双脚真是难看，好像只有一个大脚趾和一个脚后跟。

"您疼吗？"

"疼的时候早过去啦。"

"这会儿还疼吗？"

"一碰着，就疼。"

我本来想摸摸她的脚，这下不敢了。我伸一个指头，拨弄拨弄盆里的水。

"你看受罪不！"

我心疼地点点头。

"赶明儿奶奶一喊你，你就回来，奶奶追不上你。嗯？"

我一个劲儿点头，看着她那两只脚，心里真害怕。我又看看奶奶的脸，她倒没有疼的样子。

"等我妈老了，脚也这样儿了吧？"

一句话把奶奶问得哭笑不得。妈妈在外屋也忍不住地笑，过来把我拉开了。奶奶还在里屋念叨："唉，你妈赶上了好时候，你们都赶上了好时候……"

晚上睡在奶奶身旁，我还想着这件事，想象着一个老妖婆（就像《白雪公主》里的那个老妖婆，鼻子有钩，脸是蓝的），用一条又长又结实的布使劲勒奶奶的脚。

"您妈是个老妖婆！"我把头扎在奶奶的脖子下，说。

"这孩子，胡说什么哪？"奶奶一愣，摸摸我的头，怀疑我是在说梦话。

"那她干吗把您的脚弄成那样儿呀？"

奶奶笑了，叹口气："我妈那还是为我好呢。"

"好屁！"我说。平时我要是这么说话，奶奶准得生气，这回没有。

"要不能到了你们老史家来？"奶奶又叹气。

"我不姓屎！我姓方！"我喊起来。"方"是奶奶的姓。

奶奶也笑，里屋的妈妈和爸爸也笑。但不知为什么，他们都不像往常那样笑得开心。

"到你们老史家来，跟着背黑锅。我妈还当是到了你们老史家，能享多大福呢……"奶奶总是把"福"读成"斧"的音。

老史家是怎么回事呢？奶奶干吗总是那么讨厌老史家呢？反正我不姓屎，我想。

月光照在窗纸上，一个个长方格，还有海棠树的影子。街上传来吆喝声，听不清是卖什么的，总拖着长长的尾音。我看见奶奶一眨不眨地睁着眼睛想事。

"奶奶。"

"嗯？睡吧。"奶奶把手伸给我。

奶奶想什么呢？她说过，她小时候也有一双能蹦能跳的脚。拉着奶奶的手睡觉，总能睡得香甜。我梦见奶奶也梳着两个小"抓鬏儿"，踢踢踏踏地跳皮筋儿，就像我们院里的惠芬三姐，两个"抓鬏儿"，两只大脚片子……

惠芬三姐长得特别好看。我还只是个小孩子的时候,就觉得她好看了。她跳皮筋的时候我总蹲在一边看,奶奶叫我也叫不动。但惠芬三姐不怎么爱理我。她不太爱理人。只有她们缺一个人抻皮筋的时候,她才想起我。我总盼着她们缺一个人。她也不爱笑,刚跳得有点高兴了,她妈就又喊她去洗菜,去和面,去把她那群弟弟妹妹的衣裳洗洗。她一声不吭地收起皮筋,一声不吭地去干那些活儿。奶奶总是夸她,夸她的时候,她也还是一声不吭。

惠芬三姐最小的弟弟叫八子,和我同岁。他们家有八个孩子,差不多一个比一个小一岁。他们家住南屋,我们家住西屋。

院子中间,十字砖路隔开四块土地,种了一棵梨树和三棵海棠树。春天,满院子都是白花;花落了,满地都是花瓣。树下也都种的花:西番莲、草茉莉、珍珠梅、美人蕉、夜来香……全院的人都种,也不分你我。也许因为我那时还很小,总记得那些花都很高。我和八子常在花丛里钻来钻去。晚上,那更是捉迷藏的好地方,往茂密的花丛中一蹲,学猫叫。奶奶总愿意把我们拢到一块儿,听她说谜语:"青石板,板石青,青石板上……""咳,是星星!"奶奶就会那么几个谜语。八子不耐烦了,又去找纸叠"子弹";我们又钻进花丛。"别崩着眼睛!唉……"奶奶坐在门前喊。"没有,我们崩猫呢!"八子说。有一只外头来的大黑猫,是我们的假想敌。"猫也别崩,好好的猫,你们别害巴它!"奶奶还在喊。我们什么都听不见了,从前院追到后院,又嚷又叫,黑猫蹿上房,逃跑了。

八子特别会玩。弹球儿他总能赢，一赢就是大半兜，好的不多，净是大麻壳、水泡子。他还会织逮蜻蜓的网，一逮就是一大把，每个手指缝夹两只。他还敢一个人到城墙根儿去逮蛐蛐儿，或者爬到房顶上去摘海棠。奶奶就又喊："八子，八子！什么时候见你老实会儿！看别摔了腰！"八子爱到我们家来，悄悄地，不让他妈知道。奶奶总把好吃的分给我们俩——糖，一人两块，或者是饼干，一人两三块。八子家生活困难，平时吃不到这些东西。八子妈总是抱怨："有多少东西，也不够我们家那几个'小饿狼儿'吃的。"我和八子趴在奶奶的床上，把糖嘬得"咂咂"地响，用红的、蓝的玻璃纸看太阳，看树，看在院里晾衣服的惠芬三姐。我们俩得意地嘻嘻哈哈笑。"八子！别又在那儿闹！"惠芬三姐说话总绷着脸，像个大人。八子嘴里含着糖，不敢搭茬儿。"没闹，"奶奶说，"八子难得不在房上。"其实奶奶最喜欢八子，说他忠厚。

上小学的时候，我和八子一班。记得我们入队的时候，八子家还给他做不上一件白衬衫，奶奶就把我的两件白衬衫分一件给八子穿。八子高兴得脸都发红，他长那么大一直是捡哥哥姐姐的旧衣服穿。临去参加入队仪式的早晨，奶奶又把八子叫来，给我们俩每人一块蛋糕和两个鸡蛋。八子妈又给了我们每人一块补花的新手绢，是她自己做的。八子妈没日没夜地做补花，挣点钱贴补家用。

奶奶后来也做补花，是八子妈给介绍的。一开始，八子妈不信奶奶真要做，总拖着，奶奶就总问她。

"八子妈，您给我说了吗？"

"您真要做是怎的？"八子妈肩上挂着一绺绺各种颜色

的丝线。

"真做。"

"行,等我给您去说。"

过了好些日子,八子妈还是没去说。奶奶就又催她。

"您抽空儿给我说说去呀?"

"您还真要做呀?"

"真做。"

"您可真是的,儿子儿媳妇都工作,一月一百好几十块,总共四口人,受这份儿累干吗?"

"我不是缺钱用……"奶奶说。

奶奶确实不是为挣那几个钱。奶奶有奶奶的考虑,那时我还不懂。

小时候,我一天到晚都是跟着奶奶。妈妈工作的地方很远,尤其是冬天,她要到天挺黑挺黑的时候才能回来。爸爸在里屋看书、看报,把报纸弄得窸窸窣窣地响。奶奶坐在火炉边给妈妈包馄饨。我在一旁跟着添乱,捏一个小面饼贴在炉壁上,什么时候掉下来就熟了。我把面粉弄得满身全是。

"让你别弄了,看把白面糟蹋的!"奶奶掸掸我身上的面粉,给我把袄袖挽上。

"那您给我包一个'小耗子'!"

"这是馄饨,包饺子时候才能包'小耗子'。"

可奶奶还是擀了一个饺子皮,包了一个"小耗子"。和饺子差不多,只是两边捏出了好多褶儿,不怎么像耗子。

"再包一只'猫'!"

又包一只"猫"。有两只耳朵,还有点像。

"看到时候煮不到一块儿去,就说是你捣乱。"

"行,就说是我包的!"

奶奶气笑了:"你要会包了,你妈还美。"

"唉,你们都赶上了好时候。"我拉长声音学着往常奶奶的语调,"看你妈这会儿有多美!"

奶奶常那么说。奶奶最羡慕妈妈的是,有一双大脚,有文化,能出去工作。有时候,来了好几个妈妈的同事,她们"叽叽嘎嘎"地笑,说个没完,说单位里的事。我听不懂,靠在奶奶身上直想睡觉。奶奶也未必听得懂,可奶奶特别爱听,坐在一个不碍事的地方,支棱着耳朵,一声不响。妈妈她们大声笑起来。奶奶脸上也现出迷茫的笑容,并不太清楚她们笑的是什么。"妈,咱们包饺子吧。"妈妈对奶奶说。奶奶吓了一跳,忙出去看火,火差点就要灭了;奶奶听得把什么都忘了。客人们走后,奶奶的情绪一下子低落了,说:"你们刷碗、添火吧,我累了。"妈妈让奶奶躺会儿。奶奶不躺,坐在那儿发呆。好半天,奶奶又是那句话:"唉,你们都赶上了好时候。"爸爸、妈妈都悄悄的。只有我敢在这时候接奶奶的茬儿:"看你妈多美,大脚片子,又有文化,单位里一大伙子人,说说笑笑多痛快。""可不是嘛。我就是没上过学。我有个表妹……""知道,知道。"我又把话茬儿接过去:"你有个表妹,上过学,后来跑出去干了大事。""可不真的?"奶奶倒像个孩子那样争辩。"您表妹也吃食堂?"我这一问把爸爸、妈妈全逗乐了。奶奶有些尴尬:"六七岁讨人嫌。"奶奶骂我只会这一句。不知为什么,奶奶特别羡慕别人吃食堂,说

奶奶的星星 9

起她羡慕或崇拜的人来,最后总要说明一句:"人家也吃食堂。"

后来,1958年,街道上也办了食堂。奶奶把家里的好多坛坛罐罐都贡献了出去。她愿意早早地到食堂门口去等着开饭。中午,爸爸、妈妈都不回来,她叫我放了学到食堂去找她。卖饭的窗口开了,她第一个递上饭票去:"要一个西红柿,一个……嗯……"她把"一个"咬得特别清楚,但却不自然;她有些不好意思,但又很骄傲似的。现在回想起来,她大概是觉得自己和那些能出去工作的人相仿了,可她毕竟又没出去工作过。

是在我上小学二年级的时候,那些日子,奶奶晚上总去开会,总不让我跟着。"又不是去看戏!"奶奶说,脾气变得很急躁。

我跟着奶奶看过不少老戏。奶奶做补花挣了钱,就请别人看戏,请八子妈,请姨奶奶,也请院里的另一个老太太,自然每次都得请我——她的"影儿"也得占一个座位。奶奶不会看戏,每次看戏之前都得请教那"另一个老太太"。那个老太太懂戏,也并非真懂,用现在的话说也就是个"名人爱好者"。什么梅兰芳、姜妙香、袁世海、张君秋……奶奶和我都是从她那儿得到启蒙的。我坐在剧场的椅子上睡觉,我是为中间的十五分钟休息来的;休息的时候小卖部卖酸梅汤,我使劲说渴,至少可以喝两瓶。奶奶总是说:"我年轻时候什么戏也没看过。"她大约是为补上这一课来的。平时胡同里几个老头儿、老太太在一块儿聊天,谁都比奶奶懂戏。奶奶什么事都要强。不过只有一回,奶奶和那个老太太是都看懂了,不是戏,是电影《祝福》。看完了,奶奶直哭,那个老太太也直哭。"那时候可不就是那么样儿。"那个老太太说。"可不就那么样儿。"奶奶说。两个人的眼睛都红红的。我不声不响地跟在奶奶身后走。最惨的不是祥林嫂最后摔倒在雪地上,而是她捐了门槛,高高兴兴地回来的时候。奶奶后来总爱给别人讲《祝福》,还是把"福"念成"斧"的音。不过她再也不愿意看那个电影了。

一天晚上,奶奶又要去开会,早早地换上了出门的衣服,坐在桌边发愣。

妈妈把我叫过来,轻声对奶奶说:"今天让他跟您去吧,回来道儿挺黑的。小孩儿,没关系。"

我高兴地喊起来:"不就是去我们学校吗?我搀您去,那条路我特熟!"

"嘘——喊什么!"妈妈给了我一巴掌。妈妈的表情挺严肃。

我跑去找八子,我们俩早就想晚上去一回学校了。我们学校原来是一座大庙,八子说,晚上那儿的蛐蛐儿准少不了。

学校有好几层院子,有好几棵又粗又高的老柏树,院墙上长满了草,红色的灰皮脱落了很多。天还没黑,伏天儿在老柏树上"伏天儿——伏天儿——"地叫着。奶奶到紧后院去开会,嘱咐我们就在前院玩。这正合我们的心意,好玩的东西全在前院,白天被高年级同学占领的双杠、爬竿儿、沙坑,这会儿全空着。

"八子,真是跟你妈说了?"奶奶又问。

"真说了。"

八子冲我笑。他才不用跟他妈说呢，他常常在外面玩到半夜，他妈顾不上管他。我常常为此羡慕八子。

我们先玩爬竿儿，我爬不过八子。又玩双杠，一人占一头，喊一声"开始！"各自从双杠上蹿过去抓对方，几个来回之后，我总是上气不接下气地被八子抓住。八子身体好，也跑得快。跟八子出去玩，我不用担心挨欺负，八子打架也特别厉害。

八子的功课一般，不像惠芬三姐，惠芬三姐很用功，还是少先队大队委。我也是班里的学习尖子，但我至今记得，一有算术比赛，八子的成绩总比我好。他就是不用功，不按时完成作业，语文总考六十几分。小学毕业时，我考上了一所名牌中学，八子只考上了三流学校。现在想想，八子的天资其实比我强，我纯粹是靠了奶奶的督促，靠爸爸妈妈总能在课后帮我补习。谁管八子呢？他晚上不是帮家里干活儿，就是跑出去疯玩。惠芬三姐是个例外，她不声不响地干活儿，又不声不响地读书。八子妈嫌她晚上读书费电，她就每天早早地起来在院子里用功。1965年，惠芬三姐考上了大学。那时候她戴上了眼镜，更漂亮了，文质彬彬的，有学问的样子。我真羡慕八子有这样一个姐姐。八子却不放在心上，总拿她的"四眼儿"开玩笑。惠芬三姐不屑于理他。八子也不太爱理惠芬三姐。

太阳落了。

"嚁嚁——嚁嚁——"天完全黑下来时，蛐蛐儿果然不少。"嚁嚁——嚁嚁嚁——"东边也叫，西边也叫。我们顺着声音找，找到了一处墙根儿下。八子对准砖缝滋了一泡尿，一会儿，蛐蛐儿就蹦出来，在月光底下看得很清楚。八子很快就把蛐蛐儿逮住，看看，又扔了。

"老迷嘴，不开牙。"他说。

我们又找，找到一块大石头旁边，蛐蛐儿不叫了。八子示意我别出声，我们蹲在石头边静静地等，大气不出。蛐蛐儿又叫起来，"嚯嚯嚯——"八子笑了。

"哟，我没尿了。"

"我有！"我说。

"嘘！——小点儿声。冲这儿撒，对准了。"

逮到了一只好的。八子从兜里掏出一张纸，卷成纸筒，把蛐蛐儿装进去。

月光真亮，透过老柏树浓黑的枝叶，洒在院子里，斑斑点点。那么大的院子里只有我们俩。教室都是原来大庙的殿堂，这会儿黑森森的，静悄悄的，有点瘆人。星星都出来了。我想起了奶奶。八子逮起蛐蛐儿来入迷，撅着屁股扎在草丛里，顺着墙根儿爬。

我对八子说："我去看看后院儿有没有蛐蛐儿。"

紧后院的南房里亮着灯。我悄悄地爬上石阶，扒着窗台往里看。一排排的课桌前坐的全是老头儿、老太太。我看见奶奶坐在最后排，两只手放在膝盖上，样子就像个小学生。我冲她招招手。没看见，她听得可真用心。我直想笑。奶奶常说，她要是从小就上学，能知道好多事，说不定她早就参加了革命呢！"我说不定就从你们老史家跑出去了呢。我有个表妹，就是从婆家跑出去的，后来进了共产党……"奶奶老是讲她那个表妹，说她就是因为上过学，知道了好些事，早早地放了脚，

奶奶的星星

跑出去干了大事。我又想笑了：奶奶跑起来是什么样呢？还是用脚后跟跑吗？……

讲台上有个人在讲话。讲台两边还坐着好几个人。有个女的老是给他们倒水喝。

我见过奶奶的那个表妹一回，只见过一回，在一个大楼里。奶奶紧拉着我的手，在又宽又长的楼道里走，东问西问。后来人家让我们在一间屋子里等着，屋子里有好多沙发，可奶奶不让我坐，她自己也站着。等了老半天，才来了一个女的，奶奶让我管她叫表奶奶……

讲台上的那个人讲个没完没了。

我还从来没有这么远远地望着过奶奶。她直了直腰，两只手也没敢离开膝头。这下您知道上学的滋味儿了吧？我又在心里笑。奶奶每天晚上都抱着那本扫盲课本念，有一课是《国歌》，她老是把"吼声"念成"孔声"。"又是孔声！"连我都能提醒她了。她挺难为情，声音变小，慢慢又大起来，念到"吼声"的时候声音又变小，停好一阵，大概是在心里重复……

就在这时候，我忽然听清了讲台上那个人讲的话："你们过去都是地主、富农，都是靠剥削农民生活，过的都是好逸恶劳，光吃不做的剥削阶级生活……"

什么？再听。

"……地、富、反、坏、右，你们是占的前两位。今后呢？你们还是要认真改造自己……"

我赶紧离开窗台，站在台阶下不知该干什么，脑袋里"嗡嗡"的。地主？奶奶也是地主？

八子来了:"嘿!看,六个!"

我应了一声,赶紧往前院走。

"后院儿有吗?你怎么啦?"

"后院儿没有,咱们还上前院儿吧。"

"前院儿都没啦!"

"那,咱们玩儿爬竿儿去吧。"我拉着八子紧往前院走,我怕他也听见……

奶奶拿回来一个白色的卡片。爸爸、妈妈围在奶奶身边看,样子倒像是很高兴。奶奶直擦眼泪。

"这回就行了,您就甭难受了。"爸爸说。

"就是说,您跟大伙儿都一样了,也有选举权了。"妈妈说。

我趴在床上不说话。这是怎么回事呀?我又不敢问。

"跟了你们老史家,唉……"奶奶又是那句话,说话的声音也有些颤抖,"解放前我也没过过一天舒心日子呀,比老妈子能强多少……"

"您可不能这么想。"妈妈说,"您过的日子再不舒心,也是衣来伸手、饭来张口呀!工人、农民呢?人家过的什么日子?"

奶奶的脸腾地红了,慌忙点头:"我知道,我知道。我就那么一说。人家过得牛马不如,这我都知道。"

过了一会儿,奶奶又对爸爸说:"你还记得给老史家扛活的刘四吗?后来得肺病死了,剩下刘四媳妇带着仨孩子……那时候我也是自个儿带着你们仨。我就跟你大哥说过,真要是分了家,咱们这份儿由我做主,我就把那一亩多地给了刘四媳妇……"

"您可也别总说这事儿。"妈妈又说,"那是因为您有,不在乎那一亩多。"

奶奶愣了一会儿,说:"可不也是,让我都给,我准不干。还不是剥削思想?"

"行了,"爸爸弹弹那张白卡片说,"这回您就过舒心日子吧。"

奶奶把白卡片用一条新毛巾包起来,说,"打解了放,没什么人告诉我,我也是爱这新社会。我可不想再受你们老史家的气……哟,这孩子八成儿着凉了吧?我说不带他去……"奶奶才发现我蔫蔫地趴在床上,忙打住话头,哄我去睡觉。

奶奶摸摸我的头:"不烧。准是玩儿累了。"

奶奶给我打来洗脚水,又摸摸我的头:"明儿奶奶给你包饺子,扁豆馅儿的,爱吃吗?"奶奶也好像高兴起来了。

直到半夜我还没睡着。我听见奶奶总翻身,大概也没睡着。我不敢动,我怕奶奶知道我在想什么。窗外,海棠树的叶子轻轻地摇晃,露出几颗星星。奶奶怎么会是地主呢?我想起过去奶奶给我讲《半夜鸡叫》的时候……"周扒皮就靠剥削人过日子。"奶奶说。"什么叫剥削呀?"我问。"就是光吃饭不干活儿。""那我是吗?""你不是,你还小。""那您是吗?"……真的,奶奶那时就不说话了,是爸爸把话接了过去:"奶奶不是做补花吗?奶奶老了,我们工作养活奶奶。"……唉,我心里乱七八糟的,一宿都没有睡安稳。海棠树的叶子不动了,仍然看得见那几颗星星……

有好几年，我心里总像藏着个偷来的赃物。听忆苦报告的时候，我又紧张又羞愧。看小说看到地主欺压农民的时候，我心里一阵阵发慌、发闷。我也不再敢唱那支歌——"汗水流在地主火热的田野里，妈妈却吃着野菜和谷糠……"过队日时，大家一起合唱，我的声音也小了。我不是不想唱，可我总想起奶奶，一想起奶奶，声音就不由得变小了。奶奶要不是地主多好啊！

我是解放后出生的，但还赶上了一些旧北京的"尾巴"。大人们都说我记事早。那时候，从早到晚，走街串巷做小买卖的和耍手艺的不断。

一清早，就有挎着笸箩卖烧饼馃子的，挎着小一点的笸箩卖烂糊芸豆的，挑着挑儿卖老豆腐的。卖烂糊芸豆的还有一块布，你要是多花一分钱，他就把芸豆包在布里，给你捏成一个小芸豆饼。奶奶有时候给我买一小碗芸豆，但绝不让捏成饼，说他那块布"一点儿都不干净"。我就是想要一个芸豆饼，于是哭、闹。奶奶找来一块干净布，自己给我捏。我还是哭，还是闹，说那根本不是芸豆饼，跟卖的一点儿都不一样。奶奶就说："再不听话，你长大了也去卖芸豆！那个卖芸豆的老头儿就是从小不听话，长大了没出息，去卖芸豆。"

那时候，我们家住在东直门北小街附近。北小街再往北就出了城，很荒凉，破城墙、护城河边长满了荒草，地坛附近全是乱坟岗子，再走就是农村了。总有些赶大车的、拉排子车的从城外来，从北小街走过。马蹄子踩在地上"咕唧咕唧"的。在我的印象里，北小街永远是满地泥泞、满地马粪。马的鼻子里喷着白气，赶车的人穿得很破、很脏，"哦——哦——"地喊着。我心里挺怕。奶奶拉着我的手站在路边，就又对我说："看你听话不听话，那些赶大车的就是从小不听话，长大了就得去给人家赶大车。"

奶奶总这么说。中午，修理雨伞旱伞的在街上吆喝，我又闹着不睡午觉，我愿意看那个人用猪血把一条条的高丽纸粘到伞上去。一会儿，磨剪子磨刀的又在外面吹喇叭，"呜哇——"，我又想看那个喇叭。奶奶就又是那些话，要么是"不听话就得去磨刀"，要么是"那个修理雨伞的就是因为不听话，才那么没出息"……

自从知道了奶奶是地主（后来我又入了少先队），想起这些事，我心里就对自己说：奶奶可不是看不起劳动人民吗？

可是还有另外一些事，让我没法儿解释。也是我很小很小时候的事。门口来了一个买破烂的女人，敲着一个像瓶子盖似的小鼓儿，背着一个柳条筐，筐里还站着一个比我还小的女孩儿。奶奶拿了几件破衣服交给那个女的。"您要多少？"那女的问，翻来覆去地查看那几件破衣服。"这衣裳可还不算破。"奶奶说。"还不破？您瞧这袖子，这肩膀儿！顶多值……"那女的笑笑，说了个价儿。"那可不卖。"奶奶要收回那几件衣服。那女的抓着衣服不撒手："那您说个价儿。"奶奶又说了个价儿。"唉，您指着它发财哪？行啦，算我亏本儿！"那女的把衣服扔到筐里，然后慢慢地掏钱。奶奶摸摸筐里那个小女孩儿的脸蛋儿，奶奶就喜欢女孩子。"多大啦？"奶奶问那女的。"两生儿。""几个？""仨，仨丫头！""她爸做什么？""没了。"那女的把钱递到奶奶手里。奶奶忽然不言声儿了,愣怔地看着那娘儿俩。她们穿的衣服一点不比筐里的衣服好。那女的背起筐来要走,奶奶又把她叫住。奶奶回屋里拿了两件我穿小了的衣服来,给那个女的:"这可不破,我们这孩子穿着小点儿了。""您要多少?""不是,"奶奶说,"您要不嫌,就给您这小闺女儿穿吧。""哎哟,那敢情……"那女的把衣服在小女孩儿身上比比,笑着:"大妈您瞧,还真挺合适的……"我心里真高兴,又"呱嗒呱嗒"跑回屋去,把我的好几件衣服都抱来。奶奶的眼圈直发红。那女的已经走了。为这事,奶奶总对爸爸妈妈夸我,说:"这孩子大了心眼儿错不了。"

也许这又像妈妈说的,是因为我们有吧?可是我总觉得,奶奶的心肠绝不像个地主。周扒皮会那样吗?

不过,奶奶还是像个地主。住在北小街的时候,逢年过节,奶奶总把爷爷的旧照片摆在桌上,照片前摆两盘点心。我没有见过爷爷,妈妈说她也没见过。照片上的那个男人穿一身缎子衣服,还戴个瓜皮帽,真像黄世仁,也像穆仁智。我想吃块点心,奶奶不让,说那是给爷爷的。

"这个人长得真难看。"我说。

"咳,不许瞎说!"奶奶把我从照片前拉开。

我还是远远地望着那照片:"他怎么长得那样儿呀?"

"他是你爷爷。"

"他是我爸爸的爸爸?"

"嗯。"

"他是您的什么呀?"

奶奶又被逗笑了:"去问你妈,你爸爸是你妈的什么。"

我跑去问，回来告诉奶奶："是爱人。"

奶奶不言语，像是想着别的事……

奶奶那会儿不是在思念"失去的天堂"吧？上四年级的时候，我开始懂得了"阶级敌人总是思念他们那已经失去的天堂"，就这么想。不过自从我上了小学以后，奶奶已经不再供爷爷的照片了。

唉，奶奶是地主，这个念头总折磨着我。睡觉的时候，我不再把头扎在奶奶脖子底下了。奶奶以为我是长大了，不好意思再那样了。只有我自己知道是为什么。而且我心里也明白：我还是跟奶奶好——这想法更折磨人。星星还是那些星星，在树叶间闪亮。奶奶会死吗？想到这儿，我还是害怕……

经常有个老头儿到我们家里来。奶奶让我管他叫表爷爷。一身农村人的打扮，说是从河北老家来。我很少叫他"表爷爷"，心里只管他叫"馋老头儿"。他一来就盘腿往床上一坐，喝茶、抽烟，满地上吐黏痰。奶奶就得去给他买肉、打酒。有一次爸爸小声对妈妈说话，让我听见了："要说地主，他才真是地地道道的地主呢。"怪不得他这么讨厌呢，我想。

"馋老头儿"夹一块肉，喝一口酒，谁也不让，好像他就应该到这儿来吃，来喝。

奶奶坐在他对面，陪他说话。

依我看，这"馋老头儿"说的全是反动话。

"老嫂子，您猜怎么着？"他说，"现在难得喝这么口好酒了。有钱你也不敢这么买着喝。"

"是你劳动挣来的钱，你就甭怕。"奶奶说。

"那倒也是。您猜怎么着？村儿里对我还真不错，瞧我这岁数，让我喂牲口。活动活动，身子骨儿倒结实了。"

"你可得好好儿的。"

"那是。再者说了，你不好好给人家干也得行啊？"他喝得满脸发红，"嗞儿哐"地响。

"给人家干？"奶奶不满意地斜了他一眼，"你这是给自个儿干。过去人家才是给你干哪！"

"说的是，说的是。"那"馋老头儿"连连点头，低头光是吃，不言语了。

"你的小帽子摘了吗？"半天，奶奶又问。

"摘了，头年就摘了。"

什么帽子？摘什么帽子？那时我还不懂。

"老嫂子，您猜怎么着？我还真是心服口服。可不是吗？一样爹妈生的，肉长的，凭什么你就光吃不干呢？……"他好像再找不出什么词儿来表白了，又说，"我可不像史五爷那么混横儿不说理。"

"史五爷怎么着？"

"还戴着呢。老话儿说了，得人心者得天下，共产党就是得了人心。你史五爷逞能，有你的好儿？"

我越听越糊涂，这家伙到底是不是地主？也许他是装的？可又不像。不过我还是讨厌他，老是满地吐黏痰。还有，一来就吃肉、喝酒，电影里的地主就那样。奶奶还老给他喝。唉，可不是吗？奶奶也是地主呀！……

有好几年，对这件事我心里总是惶惶的。我希望那是假的，但愿是那个晚上我听错了。我去想奶奶做过的事，说过的话，一会儿觉得奶奶真是有点像地主，一会儿又觉得一点也不像。我几次想问妈妈,又怕妈妈真说是。我真想找个人说说。我跟八子说了。八子听了一愣,然后直笑:"你别瞎说了,奶奶要是地主我死了去!"八子也管我奶奶叫奶奶。"真的,我亲耳听见的。"我说。"准保是你听错了。""也许是。"我说,心里轻松了许多。八子又说:"解放前才有地主呢,现在哪儿有哇?"我的心又一阵子紧:"说的就是解放前。""反正我敢说,奶奶不是!"八子又拍拍自己的胸脯,"要是,我死去!"八子说得那么肯定,我觉得周围的空气都明澈了许多。那是个夏天的中午,院子里静悄悄的。海棠已经有红的了,梨还是青的,树荫下好凉快。八子揉着一团儿面筋。我们常用面筋去粘树上落的蜻蜓。把面筋放在竹竿的顶端,把竹竿慢慢升高,接近正在"做梦"的蜻蜓,"扑噜噜",蜻蜓使劲扇动翅膀,但已经被粘住,跑不了啦……奶奶不会是地主,奶奶还总让我教她唱《社会主义好》呢。奶奶不会是地主,妈妈从单位里借来一张桌子,奶奶总是把热锅什么的放在我们家自己的桌子上,说"可别把公家的桌子烫坏了",她怎么会是地主呢?……

1966年,我快十六岁了,早已经过了入团的年龄。可我却总入不上。爸爸、妈妈才跟我讲了奶奶的事。

"你知道奶奶的成分是什么吗?"

我心里"轰"地一阵紧张,不吭声。

"你大概已经知道了吧?"

我说不出话来。

奶奶的娘家并不是地主,是个做小买卖的——开一个卖棉花兼弹棉花的小店,总共一间半门脸儿。奶奶从小长得漂亮,父母指望能靠她发财,立志要把她嫁到富贵人家去。那时代,在一个小县城,要想做成富贵人家的贤妻良母,需要长得漂亮,需要把脚裹得特别小,需要会做各种针线活儿,需要会看公婆和男人的眼色……唯独不需要念书识字,"女子无才便是德"。所以奶奶不能像她的弟弟、妹妹那样去上学,也注定了要有一双小脚儿,要学会恭谦、驯顺、忍气吞声。为什么呢?只是因为奶奶长得好,只是因为她的父母希望攀一门阔亲戚。

父母的愿望竟真实现了。十七岁,奶奶嫁到了老史家。史家是全县的首富,全县将近一半的土地都姓史。不过史家要的仅仅是一个漂亮而且贤惠的儿媳妇,奶奶的父母照样开着那一间半门脸儿的小棉花店。奶奶的父母唯有想到女儿是走了运,才觉得多年的希望没有全落空。

奶奶可真是"走了运",上有公公、婆婆,下有一大群小叔子、小姑子;公婆之上还活着一对老公公、老婆婆。奶奶既是儿媳妇,又是孙子媳妇。伺候了这个伺候那个,给这个磕了头给那个鞠躬,听完了这个的申斥再去给那个赔不是,似乎老史家主要是缺一个老妈子,缺一个挨骂的,缺一个出气筒,才把奶奶娶过来的。只有奶奶的婆婆还算通些情理,因为她也是那么熬过来的,而且还没熬完。

"你看过《家》吗?"爸爸问我。

我点点头。

"就是那样。那种大家庭都是那样儿。奶奶的地位比使唤丫头也差不多。"

奶奶病了,但是在那个大家庭,专为孙子媳妇做些可口的饭菜，等于是造反。奶奶的父母给奶奶送来些点心，但是得交到老公公那儿去。老地主还稀罕几块点心？但这是规矩。

我听奶奶说起过这件事，奶奶根本没见到那几块点心，奶奶的婆婆说了一句："人家娘家送来的，她又病着……"于是也遭了一顿训斥。

"你还记得《家》里瑞珏是怎么死的吗？"

我又点点头。

"奶奶生第一个孩子的时候就是那样。老公公、老婆婆不让找大夫，更甭说去医院，他们舍不得花那份儿钱……"

在伯父前头，我还应该有个姑姑的。我记起来了，奶奶常念叨她那个闺女，"模样儿可俊了，要不是你们老史家，那孩子何至于死呀！"奶奶喜欢女孩子，就是因为她没个闺女。一看见别人的闺女，她就眼热，就想起自己那个死了的女孩子。所以奶奶对妈妈特别好，把妈妈当亲闺女看。

"不是因为别的，因为那是规矩。"爸爸说，"就像你老太爷，出门儿几十里，一泡屎也要憋回来拉到自家的地里。因为那是规矩。那个社会，可笑和可恨的规矩太多了。"

奶奶生了三个儿子：伯父、父亲、叔叔。叔叔还不到一岁，爷爷就死了。爷爷一死，奶奶在那个大家庭里就更没有地位了，没有权也没有钱。想给自己做件衣服，还得打着三个儿子的旗号去跟公公要。算计来算计去，要是能从给三个儿子做衣服的钱里省出一点来，自己才能做件汗衫。大概唯因奶奶生了三个儿子，都是史家之后，奶奶才仍然能在老史家吃饭吧。

奶奶还不如让老史家给轰出去呢，我想，那样奶奶现在也就不是地主了。

其实奶奶给他们干的活儿也足够换来一天三顿饭了。无论什么时候，奶奶总得伺候得公公、婆婆、小叔子、小姑子以及儿子们都吃了饭，她自己才能吃。老妈子也不过如此了，老妈子也是永远吃剩饭。

奶奶真想离开那个家。奶奶的表妹就是不堪忍受那种日子，跑出去参加了共产党。可是奶奶的表妹上过学，碰巧知道了有共产党，奶奶知道什么呢？她想跑也不知道往哪儿跑。再说她也不敢跑，连改嫁她都不愿意，她要守节，她受的就是那种教育。奶奶从二十几岁守寡到今天。

她只盼着儿子们都长大。伯父稍大一点，奶奶壮着胆子提出了分家的要求，但立刻遭到公公的痛骂。小姑子、小叔子也旁敲侧击："嫂子，您要是想改嫁也行，家不能分！"对奶奶来说，这话是最大的侮辱了。奶奶只有自己偷偷地掉眼泪。再说，离开老史家，三个儿子怎么上学呢？上不起。也许是受了她那个表妹的影响，奶奶执意要三个儿子都上学，而且都要上到大学。吝啬而且迂腐的老地主，连屎都要拉到自家地里，自然不忍心把钱送到学校去，奶奶豁出去了，吵、闹，骂他们欺负孤儿寡母。奶奶竟然变得那么勇敢！可不是，奶奶还怕什么呢？她全部的心愿就是她的三个儿子。她不愿意三个儿子将来跟自己似的，更不愿意三个儿子将来跟老史家的人似的。她只知道上学好，她的表妹好，她的表妹之所以好，就是因为上过学。她那时候不知道别的……

我的心一阵阵发疼。我想起奶奶夜里睁着眼睛想事的样子；想起她的叹气声；想起了她的脚；想起她捧着爸爸给她买的扫盲课本，在灯下一字一顿地念，总是把"吼声"念成"孔声"……

"她干吗算地主?"

"她吃了剥削饭。"

"她给老史家干的活儿就不算啦?"我那时真小。

"那是历史,历史造成的。"爸爸说。

唉,历史!"那现在呢?"

"早就不算地主了。奶奶改造得好,早就摘了地主帽子。再说,奶奶干吗不爱新社会呢?她这一辈子,真正有了自由,真正过了舒心的日子,倒是在解放后。现在奶奶和大伙儿都一样了……"

我松了一大口气,在心里骂了一句最难听的话,骂那个"老史家"。

奶奶知道爸爸、妈妈把她的事告诉了我,见了我还有些难为情,又说要给我包扁豆馅饺子,小心地注意着我的反应。

我心里又高兴又难过,不知道说什么好,只说:"包吧。"语气倒像是很勉强。

奶奶转悠过来转悠过去,不说话,偷偷地观察着我的表情。我一看她,她就又把目光躲开。我很想开句玩笑,打破这尴尬的气氛,又想不出逗乐的话。

直到晚上睡觉的时候,我又把头扎在奶奶的脖子底下。

"这么大了还……没臊!"奶奶说。

我觉出她也松了一口气。奶奶的观察力实在是末流的,她难道没有注意到,我有好几年没把头扎在她脖子下了吗?

奶奶活了七十三岁,真正舒心的日子只有那么几年,就是从摘了地主帽子到"文化大革命"开始之前的那七八年。那些年,她整天都很忙,整天都很高兴。她要给全家人做饭,做补花,还要负责全院的清洁卫生。奶奶是全院的卫生负责人。我还记得别人把写了她名字的小红纸条贴在院门上时,她是多么不好意思,又是多么掩饰不住地高兴。为这事她得罪了八子妈,八子家的卫生总是搞不好。

奶奶买了一把长把笤帚,扫起院子来不用弯腰。她的腰和背还是老酸疼。早晨,人们纷纷出门上班的时候,奶奶去扫院门前的街道,和所有过往的街坊们打招呼。她愿意被人们看见。说她爱虚荣也行,说她是显摆也对,她把门前扫得很干净。然后她就冲八子和我喊:"可别再糟蹋啦,啊?奶奶刚扫完!"确实是喊给别人听的,但那声音中也确实流露着舒心的骄傲。

奶奶坚持做补花。有时候活儿催得紧,她一直要做到半夜去,急得她就像小学生完不成作业那样。全家人谁也帮不上忙,跟着着急。有一次妈妈说:"我看您就辞了这活儿吧。""敢情你们都有工作!"奶奶喊。奶奶从没有对妈妈喊过,吓得全家都不敢言语。奶奶盼望能进补花厂,但她知道没什么可能,她的岁数太大了,人家不会要。她总埋怨八子爸不让八子妈进补花厂。"趁她还年轻,你就让她去得了。要不赶明儿后悔一辈子!"奶奶对八子爸说。八子爸笑笑:"是我不让她去吗?""去不了,"八子妈赶紧说,"这几个'劳神精'谁管?"奶奶又说八子爸:"让你要这么多!""是我生的吗?"八子爸抽着烟笑。"不要脸!"八子妈骂。

活儿不紧的时候,和八子妈,还有其他几个妇女一块儿做补花,是奶奶最高兴的时候。她们互相称"老刘""老魏""老林"。奶奶是"老方"。奶奶非常喜欢这种称呼,在家里也"老刘""老魏"地念叨,是因为新奇,更透着自豪和满足。"我们老姐儿几个有说有笑的,也不觉着累。"奶奶说。"老了老了,没承想还赶上了好时候。"奶奶说。"唉,你们生的是时候呀!我还有几天儿?"奶奶也常流露出遗憾。

星星。星星。星星。星星……
哪一颗星星是奶奶的呢?
我知道,奶奶是真心爱这新社会的。
那些星星都是死去的人变的,是为了给活着的人把夜路照亮……

"文化大革命"一开始,奶奶又戴上了一顶"帽子",不叫地主,叫"摘帽地主"。其实和地主一样,占"黑五类"之首。所不同的是,"摘帽地主"更狡猾些。一个地主,竟然能够"摘帽",显见其伪装是何等的高明,其用心是何等的险恶,对社会主义的威胁是何等的不可低估。而且这也成了"刘邓路线"的罪行之一。

奶奶先是不能再做补花了。社会主义的工作怎么能给一个地主呢?后来,也不能再当院里的卫生负责人了。权力当然更重要。

奶奶倒没有哭,她吓傻了。爸爸、妈妈也吓傻了。好多人都吓傻了。好多吓傻了的人也都在做着傻事,做傻事时的样子也都足以把别人吓傻。

先是惠芬三姐从学校里回来，用了半天时间，把院子里的花全刨了。接着是北屋宋家几个闺女把自己家的硬木大立柜抬到院当中，用斧子给劈了。爸爸也偷偷地烧了几本书。奶奶整天躲在屋子里，掀开一角窗帘往外看；也不怎么做饭，顿顿下挂面。传说垃圾站发现了好几根金条。街道积极分子们怀疑是我们院里的人扔出去的，一是因为我们院离垃圾站近，二是因为我们院里除了八子家成分好，其余的都是"黑九类"。

惠芬三姐当了红卫兵，一身军装，扎一条武装带，长辫子剪了，剪成了短发。说实在的，我觉得她更漂亮了。

我在学校里也想参加红卫兵，可是我出身不是"红五类"，不行。我跟着几个"红五类"的同学去抄过一个老教授的家，只是把几个花瓶给摔碎，没别的可抄。后来有个同学提议给老教授把头发剪成"阴阳头"。剪没剪我就不知道了，来了几个高中同学，把非"红五类"出身的人全从抄家队伍中清除出去了。我和另几个被清除出来的同学在街上惶然地走着，走进食品店买了几颗话梅吃，然后各自回家。

院里很乱，惠芬三姐带了好几个大学的红卫兵，挨家挨户地搜查。像是全院大扫除，各家的东西都摆到了院子里。我们家里也都空了，爸爸、妈妈和奶奶坐在凳子上低声说着什么，很恐怖、很警觉的样子。

"真是没想到。"妈妈说。

"平时看着可是挺老实的人。"奶奶说。

"您可别再这么说了，老实人会藏这些东西？"

"谁呀？藏了什么？"我问。

原来是惠芬三姐带着人从那个最懂戏的老太太家抄出了两

箱子绸缎、一盒子金银首饰，还有一本书，书上有蒋介石的像。

"在哪儿呢？"

"已经送走了，连东西带人都送走了。"

我隔着窗户往外看。又来了几个红卫兵，惠芬三姐正和一个挺高挺魁梧的男的说话，嗓门儿很大。她过去可从来不大声说话的。她还说了一句"×他妈的"，从表情上看好像她并没有那么说。也许是我听错了？我们学校的那些女生也都那么说了。我觉得我们男生那么说说还可以……

妈妈让我回学校去住。我上中学的时候住校。妈妈说："这一阵子先不要回家，有什么事我去找你。"妈妈给了我三十块钱、六十斤粮票，看来够两个月的伙食费了。

晚上，我蹬上我那辆破自行车回学校。我兜里第一次掖了那么多钱、那么多粮票。路上冷冷清清的。已经是秋天了。自行车轧在干黄的落叶上"嚓嚓"地响。路灯的光线很昏暗，影子从车轮下伸出来，变长，变长，又消失了。我好像一时忘记了奶奶，只想着回到学校里该怎么办。那条路很长，全是落叶……

一天，妈妈到学校来找我，对我说，要是想回家就到她的单位去，她在那儿找了一间房；奶奶已经回老家了。

"什么时候？"

"前天。"

"怎么啦？"

"没怎么。我们怕出事，和你爸爸商量，不如先让奶奶到老家去。"

我倒是松了一口气。那些天听说了好几起打死人的事了。不过坦白地说，我松了一口气的原因还有一个：奶奶不在了，别人也许就不会知道我是跟着奶奶长大的了。我生怕班里的红卫兵知道了这一点，算我是地主出身。

"过些时候，我就去看你奶奶，再给她送些东西去。"妈妈说，声音有些抖。

忘记是为了什么了，我又回了一趟家（可能是为了拿一件什么东西）。院里已经面目全非了。花没了；地上刨得乱七八糟的，没人管；每棵树上都钉上了一块语录牌；搬来了好几家新街坊。八子家也搬走了，听说搬到胡同东头的一个大院子里去了。那儿原来住着个资本家，被轰走了，空下来不少好房。

我走进屋里，才又想到，奶奶走了。屋里的东西归置得很整齐，只是落满了灰尘。奶奶不在了。奶奶在的时候从来没有灰尘。那个小线笸箩还在床上，里面是一绺绺彩色的丝线，是奶奶做补花用的。我一直默默地坐着。天黑了。是阴天，没有星星。奶奶这会儿在哪儿呢？干什么呢？屋里没有别人，我哭了。我想起小时候，别人对奶奶说："奶奶带起来的，长大了也忘不了奶奶。"奶奶笑笑说："等不到那会儿哟！"……海棠树的叶子落光了，没有星星。世界好像变了个样子。每个人的童年都有一个严肃的结尾，大约都是突然面对了一个严峻的事实，再不能睡一宿觉就把它忘掉，事后你发现，童年不复存在了。

接着是轰轰烈烈的两三年。我时常想起奶奶。但史无前例的事太多，听也听不过来，想也想不过来。不断地把人打倒，人倒不断地明白了许多事情。打人也是为革命,骂人也是为革命,光吃不干也是为革命,横行霸道、仗势欺人,乃至行凶放火也是为革命。只要说是为革命,干什么就都有理。理随即也就不值钱。

接着是上山下乡。抡镢头的为革命而抡镢头;养妾选美的为革命而养妾选美;饥寒交迫的为革命而饥寒交迫;挥霍无度的为革命而无度地挥霍。革命又是为了什么呢?

我在延安插队的时候,妈妈来信说奶奶回来了,奶奶岁数太大了,农村里没她干的活儿,公社给了证明,说奶奶改造得好,态度非常老实。奶奶又在北京落下了户口。

1972年我也转回了北京。那年奶奶七十岁,头发全白了。爸爸、妈妈又都到云南干校去了,又剩了我跟奶奶。或者说是,奶奶跟着我。我已经二十出头了。我懂得了什么是历史。很多事情并非是因为人怎么坏,而是因为人类还没有弄明白那些事情为什么是坏。譬如说奶奶,她还不明白地主为什么坏,就注定是地主了。也可以说这是命运,但革命不正是为了把全人类都从那种厄运中解放出来吗?

但那还是1972年。

我回到北京的时候是半夜。在车站坐了半宿,到家的时候天还不亮。我推推院门,院门开了。我推推屋门,门上有锁。我一愣。院里的人还都没起,很静,谁家屋里传出响亮的鼾声。奶奶这么早上哪儿了呢?还是那四棵树,一棵梨树,三棵海棠,但树叶都被虫子咬得斑斑驳驳的。院里盖起了好几间小厨房,歪七扭八,灰压压的。

北屋门一响，宋家老头儿出来了："哟，你回来啦？你奶奶这几天净念叨你呢。"

"我奶奶这么早上哪儿了？"

"你没瞧见？就在外头扫街哪。"

我跑出院门。远远的晨雾中，有一个人影，用的是长把笤帚，是奶奶。后来我才知道，奶奶这么早来扫街，是为了躲过人多的时候，怕让人看见。她现在是以一个地主的身份在扫街，在改造，不像当年那样是卫生负责人。

奶奶见了我可是立刻就哭了。

我把奶奶搀进屋，劝她，安慰她。我才不说"这是群众运动，您应当理解"呢！她怎么会理解呢？多少大人物不是都不理解吗？只是当我说到"群众的眼睛是亮的"的时候，奶奶才不哭了，连连点头，说街坊邻居对她都不错，街道积极分子对她也不错，居委会主任还偷偷劝她别往心里去，扫起街来也得悠着点儿。奶奶扫街总是超额，甚至加倍。

"还记得八子吗？"奶奶问我。

"当然。"我早就听说八子这几年在街上很出名，外号叫"八爷"，一般的流氓小偷都服他。八子没有去插队。

"可不是吗，唉！可是他见了我，还是管我叫奶奶。"奶奶说。这似乎使她非常感动。

奶奶又说："没人的时候我跟八子说，可得好好的，要不将来后悔一辈子。他倒是低头儿听着。别人说他，他连听都不听呢。"

"他进工厂了？"

"没有。先前他想进工厂，人家说他不去插队，不给他分配。这会儿人家给他分配了,他又嫌工作不好,不去,等着。他可倒也不缺钱花,又抽烟,又喝酒。他还老跟我说:像您这么老实管什么用!"

"惠芬三姐呢?"

"咳,还提惠芬呢!分配在外地,二十七八了,还没个对象。她那个对象武斗的时候死了,惠芬总还是想着那个人,时常说点子不着边儿的话,说不是那个人她就不结婚……可那个人都死了好几年啦。这都是八子跟我说的。头些日子,我扫街时候碰上了惠芬,她头也不抬。八子说,她不是光不理我,谁她都不理……"

我想起1966年查抄"四旧"的时候了,在院子里,惠芬三姐和一个男大学生说话,那男的又高又魁梧,他会不会就是惠芬三姐的对象呢?

唉!"奶奶,咱们包扁豆馅儿饺子吧!"我说。世上的事都想明白了好像也不符合辩证法。

"行啊!"奶奶高兴起来,"我给你钱,你去买肉馅儿吧。"

妈妈给我写信的时候就说,回了北京好好照顾奶奶,想办法给奶奶弄点好的吃。奶奶一个人老是熬粥、吃馒头、炒白菜什么的;她不愿意去买肉,怕让人看见说她没改造好。

"您管他那些呢!"我说,"肉铺里卖肉就是为让人吃的。革命就是为让所有的人都过好日子!"

"可还有好些人连馒头、炒白菜都吃不上呢。老家的人,好些贫下中农,吃也吃不饱。"奶奶一本正经的神气。

我真得承认:奶奶的觉悟比我高。我开了个玩笑:"您可不能这么说。您说贫下中农现在还吃不饱,那还行?"

奶奶吓坏了,说不出话来。可不?在那些年,这可不是玩笑。

最后这几年,奶奶依旧是很忙。天不亮就去扫街。吃了早饭就去参加街道上办的"专政学习班"。下午又去挖防空洞。

"您这么大岁数,挖什么呀?还不够添乱的呢!"我说。

奶奶听了不高兴:"我能帮着往外撮土。"

"要不我替您去吧。我挖一天够您挖十天的。我替您去干一天,您就歇十天。"

"那可不行。人家让我去是信任我。你可别外头瞎说去。好不容易人家这才让我去了。"

奶奶还是那么事事要强。

最让奶奶难受的是人家不让她去值班。那时候,无论春夏秋冬,不管刮风下雨,北京所有的小胡同里都有人值班。绝大多数是没有工作的老头儿、老太太,都是成分好的,站在胡同口,或拿个小板凳坐在墙角里,监视坏人,维护治安。每个人值两个小时,一班接一班。奶奶看人家值班,很眼热,但她的成分不好。

一天,街道积极分子来找奶奶,说是晚10点到12点这一班没人了,李老头儿病了,何大妈家里离不开,一时没处找人去,让奶奶值一班。奶奶可忙开了,又找棉袄,又找棉鞋。秋风刮得挺大。

"真要是有坏人,您能管得了什么?他会等着让您给他一拐棍儿?"

奶奶的星星

"人家这是信任我。"

"就算您用拐棍儿把他的腿钩住了,他也得把您拉个大马趴。"

"我不会喊?"

"我替您去吧。"

"那可不行!"奶奶穿好了棉衣,拿着拐棍儿,提着板凳,掖着手电筒,全副武装地出了门。

我出门去看了看。奶奶正和上一班的一个老头儿在聊天。还不到10点。两个人聊得挺热火。风挺大,街上没什么人。那老头儿在抱怨他孙子结婚没有房……

10点刚过,奶奶回来了。

"怎么啦?"

奶奶说:"又有人接班了。"脸色挺难看。

"有人了更好。咱们睡觉。"

奶奶不言语,脱棉袄的时候,不小心把手电筒掉地上了,玻璃摔碎了。

"您累了吧?我给您按摩按摩?"

奶奶趴在床上。我给她按摩腰和背。她还是一到晚上就腰酸背疼。我想起小时候给奶奶踩腰,觉得她的腰背是那样漫长。如今她的腰和背却像是山谷和山峰,腰往下塌,背往上凸。

我看见奶奶在擦眼泪。

"算了,什么大不了的事儿!"我说。

"敢情你们都没事儿。我妈算是瞎了眼,让我到了你们老史家来……"

海棠树的叶子又落了，树枝在风中摇。星星真不少，在遥远的宇宙间痴痴地望着我们居住的这颗星球……

那是1975年，奶奶七十三岁。那夜奶奶没有再醒来。我发现的时候，她的身体已经变凉。估计是脑溢血。很可能是脑溢血。

给奶奶穿鞋的时候我哭了。那双小脚儿，似乎只有一个大拇指和一个脚后跟。这双脚走过了多少路啊。这双脚曾经也是能蹦能跳的。如今走到了头。也许她还在走，走进了天国，在宇宙中变成了一颗星星……

现在毕竟不是过去了。现在，在任何场合，我都敢于承认：我是奶奶带大的，我爱她，我忘不了她。而且她实在也是爱这新社会的。一个好的社会，是会被几乎所有的人爱的。奶奶比那些改造好了的国民党战犯更有理由爱这新社会。知道她这一生的人，都不怀疑这一点。

当然，最后这几年，她心里一定非常惶惑。我不能原谅自己的是这样一件事：那时每天晚上，奶奶都在灯下念报纸上的社论。在那个"专政学习班"里，奶奶是学得最好的一个。她一字一顿地念，像当年念扫盲课本时那样。我坐在桌子的另一边看书。显然是有些段落她看不大懂，不时看看我，想找机会让我给她讲一讲。我故意装得很忙，不给她这个机会，心想：您就是学得再好，再虔诚些，人家又能对您怎么样？那正是"反击右倾翻案风"的时候，净是些狗屁不通的社论。奶奶给我倒茶，终于找到了机会。

"你给我讲讲这一段行不？"

"咳，您不懂！"

奶奶的星星

"你不告诉我,我可不老是不懂。"

"您懂了又怎么样?啊?又怎么样?"

奶奶分明听出了我的话外之音。她默默地坐着,一声不响。第二天晚上,她还是一字一句地自己念报纸,不再问我。我一看她,她的声音就变小,挺难为情似的……

老海棠树还活着,枝叶间,星星在天上。我认定那是奶奶的星星。据说有一种蚂蚁,遇到火就大家抱成一个球,滚过去,总有一些被烧死,也总有一些活过来,继续往前爬。人类的路本来很艰难。前些时候碰上了惠芬三姐,听说因为她"文革"中做了些错事,弄得很苦恼,很多事都受到影响。我就又想起了奶奶的星星。历史,要用许多不幸和错误去铺路,人类才变得比那些蚂蚁更聪明。人类浩荡前行,在这条路上,不是靠的恨,而是靠的爱……

1983年11月11日

关于詹牧师的报告文学

史铁生

序

想给詹牧师写一篇报告文学,已经有很久了。——仅此一句,明眼的读者就已看出,我是在套用伟人的路数。事已至此,承认下来是上策。我选择上策。

原来我甚至想题名为"詹牧师×传"的,可眼下不时兴作传了,无论是什么样的传。"正传"也不适宜。一来文体旧了,唯恐发散不出恰当的气息。二来有鲁迅先生,而且至今魅力犹存,只有常冒傻气的人才不懂:步伟人之后尘,只能愈显出自己的卑微和浅薄。由此也可见,我的套用绝非想也做一名伟人,实在倒是冒了"卑微和浅薄"的风险呢!不宜作传的第三个原因是:天有不测风云。明白说,你摸得清谁的底细?换言之,你敢担保谁的历史就完全清白?倘若你要为之作传的人当过三五天特务,或出卖过一两分钟灵魂呢?尤其是从那动乱年月中活过来的人,谁敢拍拍胸脯说自己一向襟怀坦荡、彻底问心无愧呢?为了给别人立传,竟至过早地为自己竖起了墓碑的人又不是没有过,所以得"悠着点"。这两年情况变了,但一般来说,"悠着点"总没亏吃。所以我还是决定不作传,而是给詹牧师写一篇报告文学。有说"为阶级敌人树碑立传"的,没有说"为阶级敌人树碑立报告文学"的。想来,"报告"二字妙用无穷,无论什么事,报告了,总归没错儿,就算遇见的是个特务,不是也得报告吗?

我要写报告文学,还因受了一个棋友的启发。那天我刚要吃掉他的老将儿,他忽然推说他还有些要紧的事得赶紧去办,这盘棋就先下到这儿,算我赢了。他说他预备写一篇报告文学,关于一位著名的女高音的,也可以是关于一位著名的老作家的,或者是关于一位著名的别的什么的。

我忽然想起了詹牧师。

"牧师?"棋友极力笑出几个高音,把输棋的尴尬完全替补了下去。

"那是他年轻的时候,做过一个基督教会的主讲牧师。后来他负责传呼电话。"

棋友的笑声更加响亮。等我把棋子码入棋盒,光从双方的表情判断,谁都会认为输棋的是我了。

"你还是自己去写那个传电话的牧师吧!"棋友说,"纸笔都现成,又不是生孩子,只有女人才会。"

我心里一动,觉得这话不无道理。

现今知道詹牧师做过主讲牧师的人不多了，知道他获得过神、史两项硕士学位的人就更少，多数人只记得，那个传电话的詹老头儿一向服务态度很好。这倒很像一篇报告文学的开头。一般报告文学都是从一个人的怀才不遇写起，写到其人终于蜚声某坛或成就了某项大事业止，顶不济也要写到被伯乐发现。可是，詹牧师末了还只是个传电话的。我相信这与他的面相有关：虽然天庭饱满，但下巴过于尖削，一直未能长到地阁方圆的程度。据说，年轻时，詹牧师为此曾很苦恼，查考过几本相书，也不使人乐观。而立之年一过，他转而愤懑，在一篇论文里曾写道："基督精神本是一种自强不息的精神！"接着他引申了马丁·路德的思想，认为人要得到上帝的拯救，既然不在于遵行教会的规条，当然也不在于听任命运的摆布。最后他写道："耶稣是被侮辱与被损害者的救星，在他伟大精神的照耀下，苦难众生都有机会得救，唯逆来顺受的宿命论者除外。"于是招来了反动统治阶级的怒目，甚至怀疑他与共产党有牵连。不惑之年的詹牧师更加成熟，时值全国已经解放，国计民生蓬勃日上，他进而怀疑了有神论，并于无意中贬低了他的主。他说："有神论者都是因为并没有弄懂基督教的真谛，马列主义才是苦难众生的大救星！"这又得罪了很多同事。一些人说他是"墙头草"（相当于后来所说的"风派"），甚至干脆说他是犹大。詹牧师处之泰然，说："倘不是为了三十块银币，而是为了真理，主耶稣是会赞同的。"

棋友正一心一意地琢磨着，一篇报告文学的字数以多少为宜。

"五万两千七八百字，你看够不够？"棋友问。

"凑个整儿吧，十万字，够一台彩电。"

棋友频频点头。

就在那一刻，我决心写一篇报告文学了。

上　集

写法嘛——其实和写新闻报道相去不远（顺便提一句，我在一家不大不小的报社工作），大概也都是记述一些事业的成功之人及其成功之路。说一说该人是怎么落生的，怎么长大的，具有怎样出色的品质和智能，于是克服了什么和什么，就怎么样和怎么样了起来。所不同的是，常常兼而介绍一下海燕和雄鹰的生活习性。比方说，海燕喜欢划破阴沉的天空，雄鹰则更善于"击"——鹰击长空。还有联系一下松树风格的、黄金品质的、某一星座之光芒的等等。也有侧重于气象及地理环境记载的，譬如：电闪，雷鸣，暴风雨震撼着这个小山村，在一间低矮的茅草棚里，一个婴儿呱呱坠地，一个伟大的生命来到了人间。

相当不幸！上述诸条，詹牧师一条都不占。前面已经说过，詹牧师因为差一项"地阁方圆"，始终没能伟大得了；而且连出生时的史料也早已散失。他自己当时过于年幼，又没记住是否下过雨，是否有过电闪和雷鸣；父母早逝，连生辰八字也是一笔糊涂账。并不是我一味地要套用伟人的路数，实在是因为詹牧师当时只顾了哭，倒把顶重要的事给忘记了。那时的户籍制度又很松懈，非要写一写他的出生情况不可的话，我只能说，是在一个秋风萧瑟的日子里，南飞的雁阵正经过一座小城的上空，教堂（帝国主义列强的一种侵略方式）的钟声悠长而惝惶地敲响，路旁的落叶堆中传出一个婴儿微弱的哭声，一对贫苦却善良的老人经过这里，毫不犹豫地收养了这个奄奄一息的弃婴，以至后来的七十多年内，世上有了詹牧师其人。不过我至今拿不准，这会不会也是依据了想象和杜撰。詹牧师常把一些颇具传奇色彩的事物记得很牢，记得久了，便以为自己也不过如此。譬如就说这生日，他早年总是在各式的表格中填上10月10日（按他被善良的老人收养了的那天算）。"文化大革命"期间，有一个出生于10月1日的"红五类"人士，狠狠地嘲笑了他的10月10日，说是"这也不无阶级性"。詹牧师先是羡慕人家，继而慢慢回忆：自己在落叶堆中未必只是待了一天，而且生母在遗弃自己之前是不会不痛苦的，不会一生下来就拿去扔掉，想必是犹豫了一个多礼拜的，如此算来，自己的生日也应该是10月1日。为这事詹牧师跑了不少次派出所，申明了理由，要求把颠倒了的历史重新颠倒过来。他儿子问他，为什么不把生年也改成1949呢？"那样，我在学校里的日子也会好过一些。"他儿子说。詹牧师无言以对。詹夫人一向的任务就是在父子间和稀泥，此刻为丈夫解围道："你爸爸不是那种……"哪种呢？没有下文。其时，詹夫人边洗菜边考虑应不应该告诉儿子，詹牧师小时候的名字叫"庆生"，虽然是为了庆贺于落叶堆中侥幸存活而起，而且是在辛亥革命之前，但与10月10日联在一起想，总不见得会有好处。詹夫人抬头望望丈夫那一脸花白的胡碴、那一脸愁苦的皱纹，心里一阵阵发酸。那个和她一起戏水、撑船的少年庆生到哪儿去了呢？那个教她糊风筝、放风筝的快乐的庆生到哪儿去了呢？岁月如梦如烟，

关于詹牧师的报告文学 43

倏忽即逝哟！她于是只对儿子说："你也会老哇——"儿子不耐烦地走出去。詹牧师蹲过来，帮着夫人洗菜。

"你不要往心里去。"詹夫人说。

"我没有。"

"他还是个孩子。"

"我知道。"

"我看得出来，你心里不痛快。"

詹牧师一个劲儿洗菜，不言语。

"别总瞎想。"

"你是不是也嫌我老了？"詹牧师说，洗菜的手有些发抖。

詹夫人呆愣了片刻，故意笑笑："谁嫌谁呀，咱们俩都老喽！"

"可我要做的事，还都没做。"

他们默默地洗菜。

再有，写报告文学势必得懂些音乐。人家问你，《命运交响曲》是谁作的？你得会说：贝多芬。要是进而再能知道那是第五交响曲，"嘀嘀嘀嗒——"乃是命运之神在叩门，那么你日后会发现这有很广泛的用途，写小说、写诗歌也都离不了的。美术也要懂一点，在恰当的段落里提一提毕加索和《亚威农的少女们》，会使你的作品显出高雅的气质。至于文学，那是本行知识，别人不会在这方面对一个写报告文学的人有什么怀疑，有机会，说一句"海明威盖了"或"卡夫卡真他妈厉害"也就足够。等等这些吧，我都不行，重要的是怎么把这些知识联系到詹牧师身上去。詹牧师当年做牧师的时候会弹两下子管风琴，可等我认识了詹牧师的时节，这早已成了历史。教堂里的管风琴年久失修是一个原因，人家不再让他进教堂也是一个原因。唯一能把詹牧师和音乐联系起来的，是第九交响曲中的那支歌："欢乐女神，圣洁美丽，灿烂阳光照大地……在你的光辉照耀之下，四海之内皆兄弟……"这歌詹夫人爱唱，她年轻时懂一些贝多芬，嗓子又好，中学时代就是校合唱队的主力，詹牧师也就会唱。其实詹牧师还会唱很多歌，但可惜都与我主耶稣有关，后来没有机会再唱了。小时候在故乡，不知怎么一个机缘，詹牧师（那时是詹庆生）被选进了小教堂的唱诗班。可以想见，那时他的嗓子还很清脆，眼睛还很明澈，望着窗外神秘莫测的蓝天，虔诚地唱："我听主声欢迎，召我与主相亲，在主所流宝血里面，我心能够洗净……"门边站着个小姑娘，听得入迷，痴痴盯着少年庆生。那就是后来的詹夫人，姓白，名芷，听起来像一味中药。

爱情是个永恒的主题，照例不该不写。然而，詹牧师对自己的罗曼史从来是讳莫如深的。在他活着的时候，我也没有深问过他这方面的事，如今既然决定写一篇报告文学，便只好额外下了些功夫——向他的亲友们做了一些调查，片片段段汇总起来，所能写的也不过这么几条：

（一）詹牧师的老丈人是个开药铺的小老板，兼而也做做郎中，家里还有几亩好地，雇了人种。詹庆生十四岁上到这药铺做了学徒，起早恋晚地跟师父里里外外地忙，人很勤俭，懂得爱惜各种草药，脑子灵，算盘又打得好，很为小老板赏识。虽然出于某种规矩，学徒的生活照例清苦，但少女白芷对他明显的关照，小老板亦均认可。至于小老板膝下无儿，是否有意把少年庆生培养成继承人一节，现已无从考证。

（二）少年庆生绝非甘愿寄人篱下之辈，平生志愿也绝非仅一小老板耳。每晚侍候得师父洗了脚，师母也喝完了芦根水，他便到店堂里去读书。什么《医宗全鉴》《本草备要》《濒湖脉诀》《雷公药性赋》早已不在话下；《三国演义》《水浒传》《东周列国志》更是读到了烂熟的程度；连《玉匣记》《枕中书》《择偶论》，乃至《麻衣相法》《阴阳八卦》，都读；甚至不知从哪儿淘换来一批孔、孟、老、庄的经典及诸子百家的宏著……小老板见他是读书，也就不吝惜灯油。那时白芷已经上了初中，时常悄悄溜进店堂，带来了各式各样的新书：天文、地理、生物……乃至一些新文学的代表作。据说也有鲁迅先生的《狂人日记》，也有胡适的文章。两小无猜，在灯下兼读、兼嚷、兼笑。老板娘虽看不上眼，小老板却开明而且羡慕。小老板逐渐明白，这徒弟是不会长久在此耽误前程了。

（三）青年庆生学识日深。凭着小老板的灯油，他自学了全部中学课程。靠了白芷的鼓励，他决定弃商就学。不料，机会却决定了人生。每逢礼拜日，他照例去小教堂唱诗，听讲，竟被"信主兄弟不分国族，同来携手欢欣，同为天父孝顺儿女，契合如在家庭"一类的骗局所惑，决心去学神学了。他对他的少女说："这不和你唱的四海之内皆兄弟是一样的吗？"两人都很高兴，觉得比小老板的"回春堂"要妙多了。"那你还能结婚吗？"白芷问。"能，当了牧师也能。"庆生回答。白芷放心了。他们在故乡的小路上边走边想，边想边唱："在主爱中真诚的心,到处相爱相亲,基督精神如环如带,契合万族万民。"故乡欢畅的小河载着阳光和花瓣,流过山脚,流过树林,流过"回春堂",流过小石桥和小教堂。教堂的钟声飘得很远,小河流得很远,青年庆生也将走向很远的地方。他们不知道有什么骗局,远方有没有深渊。

(四)青年庆生考上了一所著名大学的神学院,课外帮助别人抄写文稿或出一些别的力气,工读自助。其间一直与他远方的姑娘通信。可惜这"两地书"均于"文化大革命"期间烧毁,欲知二人之间是从什么时候改变称呼的,有没有冠以"亲爱的"或者干脆是"dear",都不可能了。单从那所著名大学的校志上查到,庆生已于大学期间改名"鸿鹄"了——詹鸿鹄。

(五)小老板不久去世(据推测是癌症),引起过一场风波:老板娘为生活计,愿意女儿嫁给一个大药铺的少掌柜的。女儿心里有着原来的小学徒,执意不肯,险些闹得出了人命。先是女儿要吞马钱子①,幸亏是错吞了车前子②,后是老板娘中风不语,好在"安宫牛黄丸"和"人参再造丸"都现成。最后还得感谢旧社会的黑暗与腐朽,故乡的生活日益艰难,不说哀鸿遍野吧,总也是民不聊生,小药铺终归倒闭,大药铺岌岌不可终日。正当詹鸿鹄翻译了几篇文稿,倾其所得寄予母女俩,老板娘方才涕泪俱下,深信小老板在世时的断言是不错的。

---

① 马钱子:亦称"番木鳖",种子可入药,有毒。
② 车前子:种子和全草均可入药,无毒。

（六）詹鸿鹄拿下了神学硕士学位，在一所教堂里任职。经济情况稍有好转，他一定要未婚妻到大地方来进一步学习，于是白芷和母亲也就离开了故乡小城，到鸿鹄身边来。不久，詹鸿鹄与白芷在一所大教堂里举行了婚礼仪式。一位洋牧师（詹鸿鹄的老师）操着生硬的中国话问："你愿意他做你的丈夫吗？"答曰："愿意。""你愿意她做你的妻子吗？"也说愿意。詹鸿鹄又开始攻读史学，白芷也考进了师范学校，老岳母精心料理家务，曾有一段很富诗意的生活。对教堂里的信约，鸿鹄夫妇恪守终生，二人如影随形，没有发生过任何纠纷。后来虽然介入了第三者，但那是他们可爱的儿子。只是由洋牧师做了证婚人一节，倒惹得老夫妻于"文革"中参加了一回学习班，写过几份交代材料。这是后话。

（七）还有一个疑点有待查明，即詹鸿鹄是否也跟白芷热烈地亲吻过？有一次，詹牧师曾对"现今的年轻人在光天化日之下就搂搂抱抱"表示过不满，或可推断他绝没有过类似的过火行动，但由詹牧师也协助妻子生了一个儿子这一方面想，又觉得证据不足。

我料定，要给詹牧师写报告文学，在爱情这一永恒主题方面，无疑是要有所损失了，只能写到干巴巴、味同嚼蜡为止。没有诗意。可以有一点趣味的是风筝。詹牧师家住在一个厂办专科学校里面（校方曾多次想把他们迁移出去，可又拿不出房来），学校里有两个篮球场，可以放风筝。傍晚，学生们打完了球，都回家了，校园里宽阔又安静。那年，詹夫人已经病重，裹着线毯坐在门前的藤椅上，仰起头来看——詹牧师正认真地放风筝。糊得很好的一只沙燕儿，上面画了松枝和蝙蝠,晃悠悠升起,詹牧师撒出了一段线。飘悠,飘悠,风筝又急剧下栽,詹牧师又收回一段线。詹夫人喊:"留神电线,挂上!"忽忽,摇摇,风筝又升起来。"小心楼顶!"詹夫人说,攥紧拳头。詹牧师一下一下熟练地拽着线,风筝平稳地升高,飘向夕阳,飘向暮色浓重的天空。詹夫人松开了拳头。詹牧师把线轴揣在衣兜里,坐到夫人身边来。风筝在渐渐灰暗的天空中像一个彩色斑点,一动不动。两位老人也一动不动。四只眼睛也一动不动。

"有多少年不放了?"詹夫人说。

"十年还多了。"詹牧师说。

其时为1977年春。

"你放起来倒还没忘。"

"生疏多了。"

"我以为你放不了了呢。"

"不至于。"

"在老家时放的那种'双飞燕'我还是最喜欢。"

"一上一下,一下一上,那种确实好。"

"那是用绢做的。"

"最好是用绢做。"

詹夫人久久地看着篮球架后边那片开始发绿的草地,不再说话。

詹牧师给她倒了一杯水,让她把药吃了。

对面的楼房成了一座黑色的墙,风筝看不见了,只有从衣兜里抽出的那段白色的线,证明风筝还在天上。

天上朦朦胧胧地现出一个月亮。

詹牧师安慰老伴儿说："让我想一想，也许还能做成那种'双飞燕'。"

"还有那种鹰形的风筝，我们在家乡时也常放，像真的鹰在盘旋。"

"那叫纸鸢。"詹牧师纠正说。

"你不要总是怕人提到鹰。"

"我没有。那确实叫纸鸢。"

"你总是怕人提到鹰。"

"我没有。"

"做人不见得非得干成什么大事不可。"

"这我知道。"

可是，直到第二天把风筝收回来的时候，詹牧师的思绪还在天空中盘旋。

〔注一〕詹牧师的住房条件很差，说是两间小棚子，一点不过分。早在60年代初，詹牧师曾在自己小屋的门上挂过一块匾额：大鹏屋口取棚屋之谐音，抒远大之志向。几个朋友凑了一首打油诗，嘲笑他："鸿鹄误入棚，大鸟错居屋，呜呀呜呜呀，鸦乌鸦鸦乌！"詹牧师看罢一笑，奋笔回敬道："孔明居草庐，姜尚做渔翁，雄鹰一振翅，鸦雀寂无声。"

时间过去了十六七载，詹牧师依然住着"大鹏屋"，这倒没关系，问题是雄鹰何时能振翅高飞呢？詹牧师时常为此而烦恼。看见年老的白芷仍然撑着重病之身，在为他补衣服，悲酸之感油然而生。他看着那只风筝发愣。他想,他对不起白芷。他又想,他还是能够在很多事业上取得些成就的,以报答他的夫人。

我本来想说:詹牧师更是为了报答祖国和人民。但是,我又犹豫了:詹牧师至死都没能取得任何成就,有什么理由这样褒奖他呢?我甚至怀疑,我还应不应该给他写报告文学。虽然风风雨雨之中,不知他给别人传了多少电话,其中说不定也有一些伟大的信息,也有一些于祖国和人民非常有益的内容,但够格为文学所报告的人,都必须是自己先不同寻常。记者的胶卷有限,报刊的版面有限,电视台的时间有限,正好堪称为人物者也有限。对了,得是人物。既不可单单是人,又不能仅仅是物,得是人物!这很要紧。分开说,前者会遭漠然之面孔,谁不是人呢?后者则要吃耳光。合在一起说效果就好。"人物"——你这样说谁,凭良心,谁心里也保险不难过。

然而发现一个人物又谈何容易!尤其是当你想写报告文学的时候。平摆浮搁着的人物均已被报告完毕,再想报告,就得多搭进些工夫去了。我盘算,要是报告一位准人物(尚未成为人物的人物苗子),是有远见的,既避趋炎附势之嫌,又可望做一伯乐。还有一层,常言道:落难公子多情,登科状元寡义。倘一村姑,绝不该对着相府的高墙发痴,最好是注视着自家矮檐之下,看有没有一个落汤鸡在那儿一边避雨一边背外语单词。当然,根据需要,村姑可以替换成德貌齐备的现代化姑娘,落汤鸡随之就是德智体全面发展的水暖工或烙大饼的。我绝不是想影射詹夫人,因为詹牧师虽曾做过硕士,但最终毕竟只是传传电话,而水暖工和烙大饼的最后都考上了研究生。

倒是詹夫人一直是位小学教师，凭了微薄的收入维持全家生活，而且对丈夫的感情始终不渝。我只是说，采访常与谈恋爱相似，多数历史经验教我这个末流记者识趣：还是到猪圈里去寻千里马。如果不知深浅地去采访某位已知人物，则难免横遭一张挂满了问号的脸。你报告了贱姓小名，又通禀了籍贯和属相，对方依旧一脸"你是谁？"的表情，那时你才会约略品出些"名不见经传"之苦呢。我很嘲笑我那位棋友，上来就想写一位著名的什么，真是"此物最相思"，单相思。不通世理到这般水准，也想写报告文学？！

我又坚定了写这一篇报告文学的信心。詹牧师就是一名准人物，我至今笃信不疑。这与生死无关，死人也有突然又成了人物的。这样的事，古今中外屡有发生，未必我就碰不上。

詹牧师被我发现的那年，一圈白发围着个亮闪闪的脑瓜顶，正是古稀之年。斗室之中，全是一摞摞发黄的笔记本和稿纸、一摞摞落满灰尘的书籍和一摞摞没有落满灰尘的书籍。临街的窗台上摆着一尊电话，为灰暗的小屋平添了许多气派。

他从摊开在桌上的书堆中抬起头来，摘掉一又二分之一镜片的老花镜。"办长途吗？本处代办国内长途电话。"他说。

"请问，詹小舟同志在吗？"

他稍事审度，慌忙起身，从一堆堆蔡伦的遗产中绕出来，满腹狐疑地伸给我一把骨头："我就是。詹天佑的詹，小舟嘛，就是小船的意思。"

〔注二〕詹牧师于五三年自动退出教会，之后在一所私立小学任教务副主任之职，五五年他又自动辞去了这一工作。从最近的调查和采访中得知，就是在那时，他又改了名字，改"鸿鹄"为"小舟"了。据说，当时他的书桌前挂过一张条幅，写的是苏东坡的一句词："小舟从此逝，江海寄余生。"其名大约取意于此。

据当年与詹牧师在小学校共过事的人讲，鸿鹄与教务正主任常常意见相左，可能是促其退职的一个原因。据那位现已退休的主任讲，詹鸿鹄一直惦记着考取博士学位，对自己仅仅是个硕士老大不甘心，所以对教小学兴趣不大，生恐耽误了他的前程。由此再联想到苏轼词中的另一句"长恨此身非我有，何时忘却营营"，或对詹牧师二改其名的缘由有一个初步的印象。

我又走访了当年那所私立小学的校长。据校长回忆，詹鸿鹄确有郁郁不得其志的情绪，虽然对工作一向还是认真的。詹牧师离开学校的那天晚上，校长为他饯行，酒至半酣，他忽然捉笔狂书，什么"忆呼鹰古垒，截虎平川"，什么"淋漓醉墨，看龙蛇飞落蛮笺"，最后是"君记取，封侯事在，功名不信由天"。其情其景，令老校长也感慨万千，想少年壮志，看白发频添，不觉潸然泪下，于是赞成詹鸿鹄趁年富力强之日，回家专门去做学问了。

"您是？"詹牧师问我。

我坦然地报了姓名，又报了我们那个不大不小的报社的名字。

他的手却忽然在我手里变软，慢慢地抽回去，他又直着眼睛接连地咽唾沫，像是有个药丸卡在嗓子里。他的脖子很细，喉结很大。

"您这地方不好找。"我说。

"噢,请坐,请坐。"他让笑容在脸上挣扎,脸色却发白。

我坐在一只小木箱上。

他继续咽唾沫,挖挲着双手,站着。

我又重申了一下我的身份。

他的微笑愈显得艰苦了,颤抖着嘴唇,说不出话来。

我明白我的公事已经办完,准确地说——已经用不着进行了。

这么回事:我在报社负责《表扬与批评》专栏,我经常于来稿中见到詹小舟这个名字,他总是写表扬稿,譬如某某中年人,十八年如一日地为大家扫厕所,不取分文;某某老头儿,常常留心邻居家是否中了煤气,果然救了三条人命;某某姑娘,坚持为邻居老太太取奶,倒垃圾;某某眼镜店的青年营业员,认真负责地为一个老学者配了眼镜,态度和蔼可亲……如是等等,两年多来总也有二十几篇,发表了一半左右。不料前两天发表的一则却惹来争议。公安局的同志来信认为,"这篇表扬稿很可能是伪造的"(原文如此),"因为文中所说的'艾珂寺外街100号旁门的魏启明'现正在狱中服刑,根本不可能为邻居的高中生们义务辅导英语,请报社同志进一步核查,以正视听"。

詹牧师呆坐着,笑容残余在两个嘴角,其他部分的皱纹显得苍老、僵化。

门前火炉上的水壶,沙哑地喷出一缕缕白汽。

有那么一忽儿我很担心,希望生命还在与他为伴。

先后有几个打电话的人站在窗外打电话,然后放了四分钱在窗台上,走了。

太阳西斜了,几点黄光落在詹牧师弯曲的脊背上。四周的光线开始变暗。

真不知道他在盘算什么。注意到他的嘴并没有歪向一边,鼻翼还在翕动,我觉得不如趁早悄悄溜掉。

詹牧师忽然自语道:"这么说,真有个艾珂寺外街。"

"真有。"我说。

"真有个叫魏启明的。"

"真有,在狱里。而且魏启明也不懂外语。"

"总没有杀人吧?"詹牧师急切地问,紧张地盯着我,双唇做好了发出"没"的形状,似乎生恐我不会发这个音,随时都愿意帮我一把。

"倒没杀人,"我说,"只是偷偷东西。"

"这就好。这就好。"他松了一口气,连连点头,"这样就好了……"

"这样怎么会就好了呢?"我说。

詹牧师又不断地咽起唾沫来。

几天之后,我收到了詹牧师退还的两元钱。我这个专栏的稿费一律是每篇两元。有人说,这老头儿很精明,如果胡编批评稿,稍有不慎,被批评者一定不会甘蒙不白之冤,闹得真相大白而致影响了两元收入是可能性极大的,表扬稿就很少这种危险性,这次实在是碰巧了。也有人说,这老人真可谓"千虑一失",本不必写出姓名和地址的,做了好事而不留姓名地址,也于情于理十分顺通。我心里却别扭,觉得就这样削减了老人的一项经济收入,很缺德。他在风风雨雨中要传多少电话,才能挣到两元钱哪!成千上万元地拿稿费的人,也未必都不曾逢迎杜撰、见机胡编过。

随即又收到詹牧师的一封信。信中却对稿件的事只字不提。信的大意是,他知道我是一位编辑后,心情久久难以平静;得以与我相识,实乃三生有幸;我能亲临其寒舍,更使他坚信了命运是公平的。信中引用了很多典故,什么"文王渭水访贤""汉主三请诸葛""萧何月下追韩信"等等,弄得我也踌躇满志起来。信的最后说:"老夫不才,如蒙不弃愿结永好。古今中外,忘年之交而助成大业者,不胜枚举。况你我志同道合,一见如故,本当携手共济,于国于民有所贡献才是。"

我决计再去看他一趟了。信的文体既如此风雅,字里行间又流露出崇高的志向,古稀老人而童心不泯,可料绝非等闲之辈。再说又是头一遭有人这么看得起我。虽然詹牧师前后言行略显怪异,但怪异常常是人物的特征。大凡能够印成铅字的人物,总都是与"疯疯癫癫""木讷乖张""不食人间烟火"一类的情趣有染。这情趣,在凡人是一种缺陷,在人物却是一项优点——大智若愚者也!

再去的时候是晚上。詹牧师正伏案挥毫。工整的楷书,颜筋柳骨,一丝不苟。写的是两首七律,备忘于下:

其一

销声匿迹三十年,隐姓埋名两地天。

闹市凭窗深似海，空庭倚门淡如烟。
良宵独盏书为伴，恶浪孤舟纸作帆。
未破禅机空自娱，报国无径枉陶然。

其二

几度沧桑春似梦，箫声吹断古城秋。
时光易逝人易老，壮志难酬意难休。
弱冠已读千卷破，古稀犹冀四化谋。
伏枥老骥安自弃？沥胆披肝为国忧。

"好诗好诗。"我说，"好一个'古稀犹冀四化谋！'"

"哪里哪里，信口胡诌，聊以自慰罢了。"

詹牧师又把那把骨头伸给我，此一番却颇凛然，像列宁。大概是因为他刚写完"沥胆披肝为国忧"吧。列宁在说"忘记过去就意味着背叛"的时候，就是那样把手伸出去的。我们握了很久的手。我几次觉得应该松开了，但试了试，依然抽不出来，也就再次握紧，上下左右地摇。

电话铃响了。詹牧师抓起话筒，边问边记录。然后他对我说："实在抱歉，我去去就来。"点头弯腰，倒退着走出门去。

门还未关严就又开了，詹牧师探进头来："受民之托，不能不尽力而……请稍候，稍候。"

我把门轻轻关上，觉得又有人在外面推，詹牧师又侧身进来："一定不要走，晚饭也就请在我这儿将就一下。不不不，一言为定！回头还有要事向老弟请教。"

他蹬上自行车，很快地消失在昏暗的小巷深处。我在窗玻璃上照了照自己的模样。老弟？！我想起父亲还不到六十岁，心里不由得惶然。

墙上挂了一幅没有托裱的水墨画。我仔细辨认了一会儿，还是没弄清画的是一只树懒，还是一头马来貘。后来詹牧师告诉我："是一匹小马驹，画得不算好。"画上的题词却写得好：来日方长。

前面说过，屋子里书很多。我随手一翻，已经肃然，整整一书架的英文书！我只认得出几个作者的名字：Schopenhauer（叔本华）、Dante（但丁）、Byron（拜伦）、Spinoza（斯宾诺莎）、Dewey（杜威）、Shakespeare（莎士比亚），其余的全茫然。再看另一个书架上有译成中文的普列汉诺夫的《论艺术》，有罗月的《艺术论》，有黑格尔的《小逻辑》，费尔巴哈的《基督教的本质》；有线装的《史记》和《离骚》；有精装的《资本论》《列宁选集》《毛泽东选集》；平装的《心理学》《美学》《精神分析学》《政治经济学》；影印的《东塾读书记》《西域番国志》《南疆逸史》《北词广正谱》；杂志有《哲学译丛》《音乐欣赏》《外国文学》《世界美术》和《足球》。幸而有《足球》，我抽得出来，也能读懂。

〔注三〕詹牧师一生做过的最有远见、最富胆略的事（詹牧师的儿子语）就是："文化革命"开始不久，他就把他的全部藏书都寄存在一位出身很好、既不识字又无亲无故的孤老头子家了。七八年，他把这些书搬回来的时候，既令夫人吃惊，又使儿子折服。

这时候进来一个人,年轻的。

我站起来,和他面对面站了约半分钟。然后我们同时问:"您要办长途吗?"然后都笑了,互相介绍。他说他是詹牧师的儿子。我说我是詹牧师的朋友。

"学外语来了?"詹牧师的儿子问我,态度立刻变得很不友好。

〔注四〕后来詹牧师的儿子向我解释了这件事:七四年冬天,早晨,末了一个打电话的小伙子,一进门就冲詹牧师末了一句:"Cood morning!"詹牧师随口应道:"Morning!"——就一个单词!发音之准确,表情之自然,都不在美国人之下。小伙子顿时被镇住,本来无意卖弄,不料却遇到了能人,尴尬万分。詹牧师赶紧改口:"你早,你早。"小伙子却不依不饶了,偏要詹牧师做他的老师,并讲了一番不小的抱负。詹牧师一贯爱惜人才,想起自己当年自学之苦,不免感动;想到在这动乱的年月中仍有人如此好学,不免更感动。于是约好,每星期日早晨8点至10点小伙子来学口语。詹牧师为此写了教学方案,一连几天都很激动,总对詹夫人念叨:"能够把他教好,也算为国家尽了一点力气。"詹夫人忙里忙外,顾不上多说,只是说:"这样的事要不要向居委会请示一下?"詹牧师默然。很明白,这事一经请示,准得告吹。詹牧师沉思良久,横了一条心:"尽忠报国,死而后已。"儿子又笑他胡发激昂慷慨之辞。詹夫人则又说:"你爸爸绝不是那种……"至于哪种,还是没说。

星期日早晨,詹牧师5点钟就起了床,做早点,收拾屋子。这些事平时都是詹夫人的分内,詹牧师虽已沦落为一个传电话的,但在夫人面前(也只有在夫人面前)仍不失学者风度。他又特意铺了一条新床单,抹得很平整,只等学生到来。7点半,老人便耐不住了,到门口去瞭望。中午12点,老人无言地回到屋里,坐了一会儿,换下了那条新床单。幸亏儿子出去了。詹夫人悄悄地把饭菜端到他面前,说:"那个小伙子可能今天有事。"詹牧师心里这才好过了一些,说:"否则他不会不来。"然后,詹牧师病了一个多月。詹夫人劝他不要太伤心。他只承认是那天在大门口站得久了,受了风寒。詹夫人说:"那样的人,你何必?"詹牧师说:"别这样讲,那小伙子其实很好,很爱学习。"

后据詹牧师的儿子了解,那个小伙子确实是知道了詹牧师的身份,没敢来(那时詹牧师正因其历史问题而受监督)。

詹牧师的儿子以为我也是这样一个小伙子。

"不,"我说,"我是报社的记者。"
詹牧师的儿子疑惑地看了看我,便到书架旁翻腾那些书去了。他找到了一本书,立刻沉了进去。
许久,我问:"你是?——"
"他的儿子。"他对着书回答。
"我是说,你在哪儿工作?"
"陕西。"

"回来探亲的？"

"不。回来流窜，长期流窜。"

"户口还在陕西？"

"对。"

"应该想想办法，办回来。"

他抬头瞄了我一眼，说："太费事，算了。"

"可这很重要。"

"你跟我爸爸的观点倒很一致。户口、文凭、证明、证件，一张张小纸片！"他忽然笑起来，把他正看着的那本书举到我眼前。是达尔文的《物种起源》。"是人起源于户口呢，还是户口起源于人？"他问我。

"当然。"我说。

"我们家老头儿要是也能来这么一句'当然'就好了。他从来不明白，什么起源于什么。"

"可是他身边应该有个亲人。"

詹牧师的儿子不说话了，一连抽了两支烟。之后他看了看表，开始从书包里往桌上掏东西：麦乳精、蜂蜜、果汁、蛋糕和几瓶药。

"告诉我爹，这些药要坚持吃，对他的肾和血压都有好处。我还有事，得走了。"

"他大概就快回来了。"

"劳驾。再说我们老少二位一碰头，痛快的时候少。"

他又从书架上拿了两本书，忽然飘落出两张纸来。他捡起来，看了看，咪咪地笑个不停。"你看看这个。"他把那张纸放在我面前，走了。

好像是写给谁的一封信,一看便知是詹牧师的手笔。信的开头一两页大约已经丢失,现把残余部分备忘于下:

……论文的题目为《古代佛教思想的来源与发展》,1945年获史学硕士学位。以后两年又翻译和撰著了几本小册子,如《世界三大宗教》《宗教与哲学》《信仰论》等等。原计划还要写《中国思想史大纲》和《简明宗教史》等,均因题目较大,所需资料一时难以具备,又逢内战,生计艰难,此计划一直未能完成。

解放后,因加强了政治思想学习,遂改变原来计划,转向马列主义、毛泽东思想研究,大有收益。后又经农场劳动锻炼,搞通了思想,自动退出宗教团体,努力追求进步。不料,正当可以为社会主义祖国贡献力量之际,我患了风湿病,不得不回家疗养。一病多年。养病期间,我仍坚持学习、研究。研究范围:1. 马列主义、毛泽东思想;2. 革命史传;3. 心理学及教育学;4. 文学艺术(写过一些革命诗歌,手稿均于"文革"中烧毁)。

因我早年曾走过一段弯路(做过牧师,并与一些外国人有过交往),"文革"中被隔离审查过一年多。住过牛棚。后经内查外调,弄清了历史,确认我没有任何政治问题。之后又参加了"清理阶级队伍"学习班,从事人防建设。学习班毕业后,我决心做个真正的劳动人民,经街道居委会推荐,当了六年临时壮工。尽管工作繁忙,业余时间我仍发扬雷锋的钉子精神,读书看报、学习、钻研。"四人帮"被粉碎后,我和全国人民一样,感到欢欣鼓舞

（我参加了庆祝游行，我背着一面大鼓，走了三十多里路）。我深深感到……

〔注五〕此处可能还有一页，已丢失。

……我的思想更为活跃，对"四化"问题，深入实际，调查研究，初步拟就了全面规划，成竹在胸，切实可行。然则报国无径，献策无门，诚恐古稀将近，时日不待，一旦逝去，遗恨无穷。无奈毛遂自荐，为国为民，甘作犬马，荣辱毁誉，置之度外。如蒙先生引路，得以有所作为，功成之日，死亦瞑目！

此颂

撰祺

詹小舟上

（年月日缺）

由"撰祺"二字推断，此信是写给某位操笔墨以为生涯者的，又由"先生"二字可见，还是一位大著作家呢！可是连我也被称为"老弟""先生"云云，是否也盖出于谦逊，就又难说了。

信的空白处有许多稚拙的童体字，还有许多小小的油手印儿。我后来设想是这样：灯下，詹牧师哄着孙子，教孙子写字，写了歪歪扭扭的"风筝"，又写一行扭扭歪歪的"春天来了"。孙子不听话，闹，詹牧师给了他一些油炸的食品……那么就是说，此信是在七九年詹夫人去世之前写的。詹夫人死后，孙子就送到姥姥家去了。

信中存在两个问题。一是"住过牛棚",现今,很多人都自称住过牛棚,仿佛是一件难能可贵的行为。这倒无妨。可是,人住了牛棚,牛住在哪儿呢?二是詹牧师是自动退职的呢(见〔注二〕),还是因患风湿病回家疗养的?

〔注六〕詹牧师的儿子最近对我说:"他是自动退职的,但也确实有一点风湿病。"

只是当没有公职便意味着有某种严重问题这一逻辑风行了之后,詹牧师才格外地强调了他的风湿病,坚持说自己是因为有病而回家疗养的。为了证明这一点,他常到人多的地方去晒太阳。见到他的人不免要问:"您这是干吗呢?"他便有机会回答:"我的风湿病很厉害,大夫建议我多晒太阳。"有一个夏天的中午,他又去晒太阳,天很热,太阳又很毒,人都躲到屋里去了。詹牧师晒了许久,不见一个人来问,又心疼失去的时间,就此回去很不甘心,于是再晒,结果晒过了头,中了暑。儿子又说怪话。詹夫人又说詹牧师不是那种……

〔注七〕詹牧师的风湿病,初发于五四年在小学任教期间。那一年秋天,他参加了挖河泥的劳动。天气已经很冷了,河泥上都结了冰碴,他挥舞着铁锹,站在刺骨的泥水里,拼命地干。有人让他上来歇一歇,他不。有人表扬他年过半百,亚赛黄忠,他干得更有兴趣,说自己改造得还不够。连续干了一个多星期,他开始感到周身的骨节全疼，并且有些低烧。他鼓励自己：轻伤不下火线，想想红军两万五，等等。又干了几天，才得了风湿病。

詹牧师回来的时候已经九点半钟了。他买了酒和肉，买了包子和好烟，从提兜里一一掏出，抱怨商店都关门太早，买不到更好的东西招待我。无论我说多少遍"我已经吃过晚饭了"，他还是说："吃吧，不要客气。"我只好坐下来。

我们的友谊开始于这天晚上。时间是：1981年4月7日。

中　集

现在仔细回味，觉出，詹牧师之所以非常看重同我的友谊，也是有所图的。其实这无可厚非。有目的的功利主义总比莫名其妙的扯皮主义要好。贪嘴的人希望认识大师傅，好穿的人愿意结交老裁缝，有病的人巴望与大夫套近乎，将死的人乐于同看坟的论交情，都很正常。况且詹牧师的目的也并非不可告人，他只是估摸我或许在出版界有点儿路子，说不定能帮忙他发表一点儿作品。

詹牧师想创作一些"黑色幽默派"小说。他反复申明，他所以这样做，绝不是因为他多么称赞这一流派，更绝不是出于派性。

后一点是相当可信的。詹牧师历来有"信主兄弟不分国族，同来携手欢欣"的思想，这一思想固然愚昧而又缺乏阶级分析，但与派性却实在水火难容。解放初期，他甚至为这种思想找到过理论根据。根据有三：1. 工人阶级没有祖国（即不分国度）；2. 民族矛盾说到底是阶级矛盾（那么同是受苦受难的芸芸众生，显然是不该有民族之分的）；3. 全世界无产者联合起来，我们打碎的是脚镣手铐，得到的是整个世界（相当于"同来携手欢欣"）。这些言论在"文革"中都被列为他的罪证。这实在也是一桩冤案。其实詹牧师早于50年代中期，就已认识到了他上述思想的错误。他对基督教有过三点犀利的批判：1. 主是伪善的。"信主兄弟……契合在主爱中……携手欢欣"，这是不是说，只有你信主，主才爱你，如果你不信主，主就不管你的死活？多么狭隘的派性！简直有"顺我者昌，逆我者亡"的味道。2. 主是骗人的。主既然一向宣称，他上十字架去受苦受难只是为了救世救民，那又为什么要"普天之下，万族万民，俱当向主欢呼颂扬"呢？这不是一种讨价还价的行为吗？假如"万族万民"不去"向主欢呼颂扬"，主是即刻暴跳如雷呢，还是依然任劳任怨地去救世救民呢？3. 主是愚昧的。主竟认为仅凭他自己的神通就可拯救万族万民，可是只一个犹大便把他出卖了，而且只卖了三十块银币。如果主能够依靠万族万民，一个犹大岂能得逞？综上三点，詹牧师才毅然决然地退出了教会。他认为，宗派帮会只能使人虚伪、狭隘、愚昧，如果你相信善良可以战胜邪恶，相信真理，同时相信你的理想符合真理，那又为什么非得加入教会不可呢？让真理去指引你，比让教规来约束你要好得多。于是詹牧师更加信仰马列主义了，原因也有三：1. 马列主义是主张科学的，而不是主张迷信的；2. 马列主义从来只讲为人民服务，而绝不要求人民"俱当"跪倒在其面前"欢呼颂扬"；3. 马列主义是靠真理来团结人民的，而不是依靠结帮拉派来稳固自己的统治。"这就是马列主义伟大于任何宗教的原因!"詹牧师说。

所以读者可以相信,詹牧师只是想写几篇"黑色幽默派"小说,绝不是想拉帮结派乱我公安。其动机之纯粹,我愿以头作保。

"我有些作品要发。"詹牧师羞怯地低声说。

"哦?在哪家刊物上?"

"不不不,我是说……"他的脸红到了耳根。

当时我又在詹牧师家吃午饭,不过这次是我买的酒和菜。编辑愿意结交作者,正如作者愿意结交编辑一样,彼此彼此。

我明白了他的意思。让一个老知识分子照直开口求人,是"难于上青天"的。

"什么体裁?"

"小说。"他连忙说。

"能大概讲一讲吗?"

"嗯……你了解'黑色幽默派'吗?"

我一时只想起了海勒的《第二十二条军规》,和一个叫小伏尼格的人。

"不——"詹牧师宽厚地笑了,"'黑色幽默派'绝不是外国人的发明。不要长他人志气,灭自家威风嘛。你以为《儒林外史》中没有'黑色幽默'吗?你不觉得鲁迅也是一位'黑色幽默派'大师吗?阿Q的处境怎么样?不正是又可怕又可笑又无可奈何吗?"

〔注八〕"黑色幽默"是20世纪60年代美国重要的文

学流派……作为一种美学形式，它属于喜剧范畴，但又是一种带有悲剧色彩的变态的喜剧……其作品，常以夸张、超现实的手法，将欢乐与痛苦、可笑与可怖、柔情与残酷、荒唐古怪与一本正经糅合在一起……"黑色幽默"的产生是与60年代美国的动荡不安相联系的。

——《中国大百科全书·外国文学卷》1982年5月第1版

"就像中国的围棋，"他又说，"被日本人学了去，倒又反过来向我们趾高气扬。"

"吃吧。"我只得指着桌上的小腊肠说。

"啪！上来就在中央布一子，谁的发明？"

"当然。"我说。真的，到底是谁的发明呢？

"世界上最短的微型小说是哪国人写的？"

"当然。"我吃了一片小腊肠。

"世界上最早发现飞碟的是哪国人？"

"当然，当然。"

"世界上最小的小提琴还不也是中国人造的？！"

"吃吧，吃吧。"我给詹牧师也夹了一片小腊肠。我不懂乐器的制造。

"针灸是中国人发明的，这总是公认的吧？可如果我们再不认真研究，早晚美国人也要来指教我们了。"

"中餐也是比西餐好，连外国人也承认。"我对烹调挺内行。

"'黑色幽默'也面临这个问题。吴敬梓不知要比小伏尼格大几辈儿呢！当然，我们不妨大度些，就算那是美国人的首创吧。我从来不主张纠缠历史旧账。但外国人办不到的事，中国人可以办到，何况外国人已经办到了的呢！中国人更没有理由不办到。我想起写'黑色幽默派'小说来，也就是为的这个。"

"行吗？"

"信心告诉你主是什么，主就是什么。"

在我们的交往中，这是詹牧师唯一一次主动提到主。

"那么主是'黑色幽默'的了？"我说。

他顿时愣住，尴尬地吃了一片腊肠，接着又吃了两片。

我赶紧说："我不过开开玩笑。"

他疑虑地瞅了我一会儿，说："我也不过打个比方。"他又看看窗外，小声提醒我，"咱们这是在屋里说。"

〔注九〕"咱们这是在屋里说"一语，同时兼备三种意思：1．在外面不能这样说；2．咱们现在说的，外面的人并没听见；3．咱们之间是了解的、信任的，谁也不会出卖谁。

〔注十〕自"文革"以来，詹牧师是忌讳别人跟他谈主和宗教的。读者慢慢会抱怨，一篇关于牧师的报告文学，涉及宗教的地方太少了。其原因正出于此。

"信心当然是重要的。"我说。

"很重要！而且'黑色幽默'有什么难做呢？总共两个特点——黑色和幽默。也就是让人既感到可怕又感到可笑。这难吗？笑话！

外国人不过是故弄玄虚，而我们有真实的生活素材。"

"能讲一个吗？"

詹牧师思忖片刻，讲了一个，备忘于下：

"文革"中，王某出差到某地，刚下火车就被一群手持牛皮带、臂佩红袖章的人揪了出来。那群人问："你是保县党委的，还是反县党委的？"王某听他们把"保"排在前面，就说："保。"不料那群人正是反县党委的一派，于是王某被追着打了十皮带。王某跑出车站，立足未稳，又被一群臂佩红袖章、手持牛皮带的人抓到。"你是保县党委的，还是反县党委的？"王某慌忙说后一种："反！"于是他又被追着打了十皮带，原来那又是保县党委的一派。王某想：这地方真怪，说话也没个前后次序。他连忙返回车站，决定趁早离开这是非之地。转眼之间，他又被一群人围住。"你是什么观点的？""真抱歉，我现在还不太清楚。"王某立刻又挨了十皮带。"我只是还不太清楚！"王某申辩道。"没有正确的政治观点，就等于没有灵魂。你没有灵魂，自然只好触及你的皮肉了！"那群人这样向王某解释。王某挨了三十皮带，清醒了，把自己的皮带解下来握在手里，大摇大摆上了列车。一上车，他先揪出一个人来，问："你是哪一派？"那人对答如流："我们是同一战壕里的战友。"王某想了想，说："这很好。"于是一路平安地回到了家。

"很不错的一篇'黑色幽默派'小说。"我说。

"不,这不行,"詹牧师说,"这是真事。"

"真事倒不行?"

"因为我是想写'黑色幽默派'的小说,不是要写现实主义的。"

我当时还不太懂"黑色幽默派"的规矩。

"我总想,"詹牧师又说,"黑色幽默绝不是资产阶级的专利品,我们一定要做起来,使它成为革命的匕首和投枪,像鲁迅先生那样。试问:谁感到的恐怖更多些?劳苦大众!谁最富于机智的幽默感?还是劳苦大众!我们有什么理由在这方面落后于外国资产阶级作家呢?看到在很多学术领域中都是他们领先,我咽不下这口气。我涉足过数、理、化,但那需要设备;我又想搞音乐,但一架钢琴又太贵;我也试图钻研美术,可屋子太小,而《蒙娜丽莎》《格尔尼卡》那样的画都是很大的。医学也需要有人找你看病,企业管理也需要有人归你管理,搞教育吧?唉……"詹牧师说到伤心处,太阳穴上的血管都在暴胀。

"您干吗——请您原谅,干吗不继续研究宗教和哲学呢?"我说。

"不不,咱们这是在屋子里说……当然啦!可是……不过……说起来……你懂了吗?我是说,咱们这是在屋子里说。"

我似懂非懂地点了点头。

我们吃了一会儿菜,又喝了一点儿果子酒。詹牧师的脸色才又红润起来。

"所以,"他说,"我探索了这么多年,现在才弄清楚我的所长。我更适合于从事文学创作。文学有生活就行,而生活是无处不在的,而且很公平——每人一份。近两年,我专门找一些外国人在其中自鸣得意的领域进行研究、尝试。譬如:意识流、荒诞派、新小说派、象征主义、存在主义、表现主义,等等,我都试着写过。并不难。我只是想证明一点:外国人能做到的,我们也能够做到。"

"能看看吗?"

"怎么不能?"詹牧师说着就要搬一只很大的箱子,"在下面那只箱子里。没关系,防空洞我都挖过,那些水泥构件比这要沉多了。"

"手头没有吗?"

"有倒是有几篇,不过不是我最满意的。"

现将他不太满意的几篇介绍于下:

(一)"新小说派"小说《在路上》(节选)

很长很长的一串脚印,不知从哪儿发源。很长很长的泥泞的路,依然流向远方。天际,飘着一缕零乱的炊烟,那儿或许有个村落,有了人家。候鸟在天空中仓皇飞过,从不落下来。这儿没有它们落脚的地方。它们的羽毛娇嫩得像花瓣,像小时候常吃的那种棉花糖。旗帜还在手里,还在猎猎地飘展,认真地抖响着一个个坚强的音节。鞋子烂了,"嘎唧"一声,留在了路上,像是长河中的一座航标。那缕零乱的炊烟还是很远,在天地相交的地方飘舞,和很久很久以前一样。秃鹫在头顶上盘旋,转着发红的眼睛，忽然一个俯冲，冲向一头倒下去的驯鹿。旗帜还在手里，确实还在。又烂了一只鞋子，又留下了一座航标……

（二）"象征主义"小说《石头船》（节选）

老头儿一有空就拿着锤子和凿子，爬到海边那块巨大的岩石上去，"叮叮当当"地凿，想凿成一条船。

孩子又爬上来，乖乖地坐在老头儿身边。

"您干吗不做一条木头船？"孩子问。

"我没有木头。"老头儿回答。

"别人都是做木头船。"

"别人是别人。"

老头儿一下一下地凿，正凿出一只舵。

"可这也不能下水去走哇？"

"我没有木头。"

……

如今石头船凿好了，老头儿在船舱里坐着，闭着眼睛抽烟。

孩子又爬上来。

"嗬！"孩子说。

"你坐下，闭上眼睛。"老头儿说。

"干吗？"

"你闭上吧。"

孩子闭上了眼睛。

"你觉得船在晃吗？"老头儿问。

"是有点儿。"

"你觉出它在走了吗？"

"嗯！真的！它在往哪儿走哇？"

"你的心告诉你在往哪儿走，就是在往哪儿走。"

"我去告诉他们，您不是疯老头儿。"

老头儿笑了，对孩子说："别去，别人有木头。"

（三）"意识流"小说《排骨》（节选）

老伴儿提起菜篮，对他说："我去排会儿队，说不定能买上。"

他说："算啦，我不那么喜欢吃排骨了。"

皮肤上有了很多老人斑，排骨在里面滚动，应该在它们变成一盒白色的骨灰前，写成那本书。

"我还是去看看。"老伴儿说着走出去，轻轻地关上了门。

警察怎么也打不开门和窗。老伴儿在向警察说明情况。院子里、街上，挤满了看热闹的人。门终于被撞开了，屋子里什么都没有，只有一本书。老伴儿坐在那本书旁边，嘤嘤地哭，说："这是他一辈子的心血，现在完成了，他走了，不知到哪儿去了。"只有老伴儿理解他。他的灵魂已经在天国，依然爱着这个娇小的老太婆。

她去买排骨了，为了给他补补身子。他不能现在死去。一层老人斑在排骨上滑动。得抓紧，在告别人世之前写成一本书，对祖国有所贡献。

他铺开稿纸。清蒸的、红烧的、糖醋的……他从小爱吃排骨。那还是在故乡。故乡的小河真美，不会老。他在水里游呀游呀，那时的皮肤紧绷绷的，也没有老人斑……

（四）"荒诞派"小说《死魂附身》（梗概）

尹明总说被一些死去的灵魂纠缠着，摆脱不掉，弄得他总是赶不上时代，写不出好作品来。纠缠过他的死魂有：托尔斯泰、雨果、巴尔扎克、司汤达、契诃夫，甚至鲁迅和高尔基等。死魂总是把他们的思想贯穿到尹明的作品中去，致使尹明的作品总是被编辑部退回来。

"文化革命"中，忽然戈培尔的死魂附在了尹明身上。尹明走了运，写起东西来得心应手，终于功成名就。

好景不长，"文化革命"过去了，戈培尔的死魂却还是不肯离去，尹明又背了运。

有一天，尹明酒醉后走失，他老婆吴幸在报纸上登了一则寻人启事。启事中特别说明："望见到他的人不要把他当作敌人来对待，因为他患有'死魂附身的精神病'被死魂左右，经常言不由衷地说些'四人帮'时代的话。"启事登出不久，便有许多人打来电话，声称发现了尹明。

吴幸根据人们提供的线索，走了许多地方，见到了许多与尹明的情况相似的人，但都不是尹明，那些人都生活得很像样。

后来，吴幸在一个茶摊上找到了尹明，他正在卖茶水。尹明说自己非常高兴，一身轻松，他终于摆脱了所有的死魂，找回了他自己。吴幸也做了茶摊的老板娘。

（五）"超现实主义"小说《本书出版之日》（略）

（六）"表现主义"小说《赤胆忠心》（略）

（七）"新感觉派"小说《融雪》（略）

〔注十一〕《死魂附身》一篇为詹牧师夫妇合写，主要部分是詹夫人执笔的。据他们的儿子讲，詹夫人不过是一时心血来潮，写着玩儿的，詹牧师却连连叫绝。詹夫人说："算啦，算啦，值得你这么认真！"詹牧师却激动得坐立不安，说："你知道你写出了什么吗？真正的荒诞派呀！"那天是除夕，詹夫人烧鱼炖肉，忙得高兴，不理他。詹牧师独自捧着那篇东西："深刻！深刻！"也陶然。忽然儿子又冒出一句话来，破坏了本来和谐的气氛。"我猜得出妈妈是在写谁。"儿子说。詹牧师沉寂半响，似有所悟。年夜饭也没有吃好。夜里躺在床上，詹牧师问詹夫人："你是在写我？…'没有，你别听孩子瞎扯。'"你认为我没有灵魂？""我只是说人要有自己的主见。""我没有主见？""人应该自己把握住自己，别在乎虚名。""我是名利之徒？！"詹牧师的泪水在眼圈里转，没想到连白芷也不能完全理解他。"我没那么说，真的，我不是那个意思……"詹夫人万分歉意地安慰他。

"不过父亲这人有一点是让人佩服的，"他们的儿子说，"他不会为了这事就去否定那篇小说，他仍然称赞那篇东西写得深刻，并且花了不少力气去修改它的结构和语言。"

我始信詹牧师为一准人物就是在这时。虽然他的小说并非都怎么完美,但敢于涉足这么多流派的作者已不多见,每一种手法又都掌握得恰如其分者就更可珍贵了。我确信詹牧师终有遐迩闻名之日。卡夫卡如何?生前默默无闻,忽一日声名大作,使诺贝尔奖评委会也愧悔不及,真人物也!

詹牧师却很谦虚,说这些玩意儿都算不得什么,不过是资产阶级于"日薄西山,气息奄奄"中的一种挣扎,纯属没落文学,"我之所以也要写一写,是因为他们太近狂妄,得煞一煞他们的气焰。我中华并非无人!我们不写罢了,一旦写来,绝不会比他们差,而且根本用不着什么大作家去费神。唉,想来惭愧,真正现实主义的作品我却总也写不出,只好从这一侧面贡献一点力量吧。"

"为什么不能写出现实主义的作品来呢?"我是想安慰他。

"我总找不到恰当的角度,唉,怎么也找不到。此生夙愿怕要付诸东流了!——"他说。

"您绝对没有理由妄自菲薄。"

"唉!"詹牧师长叹一声,出口成诗,"常恨少年不努力,老来方悔报国难。又是一年春柳绿,依然独自倚危栏。"

这时,窗外正有几个孩子"嘟嘟嘟"地吹着柳哨,柳絮飘飘扬扬。他感慨系之,又作了一首《忆秦娥》:

春光好,柳笛阵阵催人老。催人老,频添华发,壮心未了。

祖逖舞剑闻鸡鸣，小舟纵笔夜继晓。夜继晓，无多好梦，佳音又少。

我决心帮助詹牧师发表一些作品。我尤其决心帮助他写好"黑色幽默派"小说，然后汇编成集。就只差"黑色幽默派"这一种了。

"精装，烫金的标题：《詹小舟小说选》！"我有几分醉意。

"不不，还是等我写出真正现实主义的作品来，再那样吧。"

按詹牧师的意思是要叫《敝帚集》，意思是：这并非是我们所看重的东西。敝帚的意思是：破笤帚。

写到这儿，我又有点犯嘀咕：詹牧师何以笔头竟这般勇敢呢？连"今年西红柿又少又贵"这样的话，他也要反复申明"咱们这是在屋里说"，怎么他写起文章来却从没有冠之以一句"咱们这是在屋里写"呢？带着这一问题，前不久我又去求教了詹牧师的儿子。

詹牧师的儿子正就"陕二比的农林牧结构问题"同一个人辩论。我说明了来意，他笑了，用几句话就打发了我："对父亲来说，写作是写作，生活是生活，理论是理论，实践是实践。对付不同的事，他相应有不同的神经。对不起，我很忙。"

闲话少说，言归我们的报告文学。1982年5月中旬，我和詹牧师开始共同研究"黑色幽默派"，准备用一两个月的时间写出三四篇这种流派的小说来。

但没多久，我们却发现，"黑色幽默派"小说并不如我们想象的那般好做。倒不是我们无能，实在是美国佬太近狡猾。他们竟让"黑色幽默派"有了这样一个特征（或说一条原则）：所写之事全然荒诞可怕；虽则荒诞可怕，却又形神逼真；尽管形神逼真，可又谁都没见过那样的事。"其妙处全在于此：谁都没见过，然而又都觉得似曾相识。"詹牧师说。

我们连着写了几篇，都被詹牧师否定了。他说："我们既然是写'黑色幽默'，就得真像'黑色幽默'，做学问来不得半点含糊和迁就。我们写的这些事，虽然也荒诞不经，但却都是已经发生过的，大家都见过、听说过。这倒像是正统的悲剧了。"他最后强调说，"要特别注意没有发生过，却又似乎是到处都在发生这一条！"

我们琢磨了又琢磨。

先是詹牧师有了一个构思——

> 某学校吃忆苦饭，每人一个糠窝头。红五类学生问黑五类老师："好吃吗？"老师忙说："好吃，好吃。"学生怒目圆睁："这么说，我们的先辈倒是享了很大的福了？好吧，你再吃三天！"老师又吃了三天糠窝头。学生又问："好吃吗？"老师又赶紧说："很难吃，很难吃。""可我们的父兄能吃上这个就很不错了，"学生说，"而你倒说难吃！你再吃三天！"三天后学生又来问，老师回答："我准备继续吃下去，像你们的父兄那样，一直吃到全国解放。"

我不认为这个构思好,这分明只是现实主义的写法。"您自己倒忘了'没有发生过'这一原则。"我说。

"怎么,这也发生过?"

"当然。"我说。我没敢说我就曾经像那个学生一样过。

詹牧师捏着下巴努力地回忆了一阵,不无惋惜地拍着大腿:"唉,我倒忘了,这是我老伴儿经历过的事。"

〔注十二〕这事纯系巧合。詹夫人并不是我的老师。我的那位老师是男的,詹夫人的那个学生是女的。

几天后我又想出了一个——

老夫妇俩一起学习,读林彪的书。不知怎么一个缘由,老妇问老夫:"撒旦的英文名怎么写?"老夫随手写下:Satan。"犹大呢?"老夫又写:Judas Iscariot。忽然,老夫妇俩全吓呆了——他把那两个名字写在了正看着的书上!怎么办?!他们先是用墨笔把字迹涂去,但发现是欲盖弥彰。他们又忙不迭抠去,反而弥弥彰彰。未了干脆把书烧了,老夫妇俩看着火光,面如土色。天哪!这是亵渎,是诋毁,是反动!老两口商量:还是吃安眠药算了。幸亏他们吃的量不够,被救活了。两位老人昏昏晕晕之际,口口声声说:"我们对不起敬爱的林副主席!"谁料那时林彪已成国贼,老夫老妻又险些做了贼船上的死党。

詹牧师听罢我的构思说:"是民警老王帮我们说了不少

好话。"

"帮你们?"

"还帮谁?"

"怎么回事?"

"嗯?你不是又在写我吗?"

"写您?"

"你甭不好意思,那是过去的事了,我不会往心里去的。可是你又忘了那一条,凡发生过的事就不符合'黑色幽默派'的要求。重来吧。"

只好重来。詹牧师又想出了一个——

"文化革命"中,一些造反派私立公堂,审一个老干部。

老干部问:"我有什么罪?!"

造反派回答:"你对抗'文化大革命'。"

老干部说:"我并没有对抗!"

造反派说:"你是黑帮分子,黑帮分子怎么会不对抗'文化大革命'呢?!"

老干部又说:"我不是黑帮!"

造反派说:"你不承认自己是黑帮,这本身就是对抗'文化大革命'!"

老干部又问:"你们说我是黑帮,你们有什么证据?!"

造反派说:"你对抗'文化大革命',这证据还不够吗?"

老干部说:"我并没有对抗!"

造反派说:"你是黑帮,难道……"

詹牧师难过得讲不下去了。

"这篇很好,"我说,"这个构思很好。"

詹牧师擦擦泪水,沉默良久,说:"但是这又不行,这又是发生过的事。这是我的一个老朋友的事。他是我的良师、益友,我的指路人。他太耿直,太嘴硬,太……其实倒不如承认……"

为了这个构思,詹牧师的心情一直不好,又把他那位良师益友的遗像拿出来,默默地祈祷,暗自垂泪。

〔注十三〕那个老干部是詹夫人的远房表弟。詹牧师放弃基督教而转向马列主义,是与这个人对他的教育和影响分不开的。这个人在"文化革命"中表现出了一个共产党员的高风亮节,刚直不阿,坚持真理,最后含恨而死。

我尽力安慰詹牧师,请他注意身体。"我们还要把那恐怖的原因找到,为了死者,也为了后人!"我说。

"关键是不够幽默。"詹牧师说。

"看来,黑色倒要好办些。"我说。

好吧,我们再干!我和詹牧师的信心都还很强。有人说,中国不会有"黑色幽默派"作品,因为中国人天生缺乏幽默感。这给了我们刺激,也给了我们力量,要让那些自高自大的外国人放明白点儿,也要让那些自轻自贱的中国人醒悟!那些日子,我和詹牧师一心扑在"幽默"上。有时候我们聚在一起想,有时候交换一下意见分头去想。

我又想出了一个——

> 看守长老了,也许是因为脑力不如从前了,他总觉得过去工作起来并不像现在这样吃力。现在他常常拿不定主意,拿不定应该对犯人使用什么样的态度。"文化革命"前的工作多么井然有序!他想。那时候对入狱的犯人就用严厉的态度,让他们老老实实;对刑满获释的人就用和蔼可亲的态度,以期使他们倍感温暖。现在怎么就拿不准了呢?还对入狱的犯人一概严严厉厉的吗?要是忽然一天有哪个成了英雄,自己可就成了迫害英雄的帮凶了。对出狱的英雄一律亲亲热热吗?猛地,在他们之中又出了骗子,你可就又说不清自己的立场了……

詹牧师看了先说"不错",然后建议我加写一段,说明"四人帮"被粉碎后老看守长不再苦恼了:"得全面一些,要突出看守长的苦恼只是在'四人帮'时期。"

我说:"谁还不知道这是在'四人帮'时期呢?难道别的时期也有这样的事?难道我们写屁股上的雀斑,必须得反复说明脸上是光洁的吗?我写的正是'四人帮'时期,一个普通人可怕而又可笑的处境。跟您这么说得了,这老看守长就是我表叔……"糟糕!我想。

"这么说又是已经发生过的事?"

我沮丧地说:"咱们再重新想一个好了。"

看来得往邪乎里想。

关于詹牧师的报告文学 83

看来得离开现实,什么不可能想什么!

然而又过了几个月,我们还是什么都没写出来。我们全力去做荒诞的想象,研究了上百个荒谬绝伦的构思,但仍然因为"已经发生过"而告吹。我几乎失去了信心。

一天,詹牧师的儿子来了,看见我们的窘态,哈哈一笑说:"活人别让尿憋死。"这倒又触动了我的灵感,"活人让尿憋得团团转"倒很具"黑色幽默"的味道。我很快写成了一篇《活人与尿的喜剧》。

詹牧师看罢不言语。

"您看还行吗?"

詹牧师变颜变色,不言语。

"这回还差不多吧?"

詹牧师不言语,脸上红一阵,白一阵。

〔注十四〕没料到我的想象又与詹牧师的实践撞了车。

詹牧师被隔离审查期间住在一个破庙里。庙里有个孩子,淘气得出圈,惯搞恶作剧。有一回,这孩子在所有可以撒尿的地方都贴上了画,而在那样的画前撒尿是不相宜的。詹牧师身为审查对象,又不能离开破庙,结果尿憋得过了火,再想撒时已不能如愿。詹牧师的肾脏到现在还不大好。

"我并不反对你把我的事写出来。"詹牧师说着,苦笑,又连连叹气,又说,"可是这仍然不是'不可能发生的事'。"

我真不信我的想象力竟这样低劣。

我真不相信我就想象不出一件不可能发生的事来。

有了——

  有一个人，平生的志愿就是给米洛的维纳斯配上两条胳膊。他琢磨了大半辈子，呕心沥血，终于想出了好办法，给米洛的维纳斯配上了健美的双臂。可是有了胳膊的维纳斯做的第一件事就是，左右开弓给了这个人一顿嘴巴……

"别讲了！"詹牧师忽然疯了似的站起来，冲我喊。

"怎么了？您这是？"我十分惊诧。

詹牧师背过身去站了很久。

我吓得不敢吱声。

詹牧师转过身来，满脸泪痕，对我说："对不起，请你原谅，不过请你不要写这件事。"

"怎么回事？"

詹牧师忽然在胸前画起十字来："上帝饶恕我，上帝看得清楚，我……"他猛地跌倒在床上。

  〔注十五〕我打电话把他的儿子叫了来。这时我才知道，詹牧师原来还有个女儿。女儿从小就长得漂亮，詹牧师亲昵地叫她"我的小维纳斯"。"我的小维纳斯比米洛的可强十倍，还有两条好看的胳膊！"詹牧师常常和女儿开这样的玩笑。谁料到，正是他疼爱的女儿，在1966年给了他一顿耳光,骂他是"不齿于人类的狗屎堆",声称与他断绝父女关系,愤然离家出走。这件事把詹牧师的心伤透了。后来女儿醒悟了,想回到父亲身边来,但詹牧师不允许。"做人最重要的是善良!"他说。再后来,女儿在插队的地方因公牺牲了。詹牧师后悔莫及,"我竟不能原谅一个受骗的孩子,我的善良到哪儿去了呢?!"他喊,他哭,叫着"我的小维纳斯"……从那以后,谁也不敢向他提起他的女儿,希望他把她忘了。

偏偏碰上我这么个善于想象的人。唉!

詹牧师住进了医院。诊断为:动脉痉挛,脑供血不足。这病很怪,阵发性的,詹牧师时而清醒,时而糊涂。大夫说:"(他)年岁大了,(治疗效果)很难说。"

詹牧师的儿子埋怨我,不该总让他父亲回忆起那些往事。我感到非常内疚。

"可我不是有意的。"我说。

"是谁告诉你的?"詹牧师的儿子问。

"谁也没有,在这之前我并不知道他还有个女儿。"

"让尿憋坏了的那件事呢?"

"是你对我说'活人别让尿憋死'之后,我瞎编的。"

"我的意思是说,既然你们想象荒诞的能力超不过已经发生的事实,何必非要写'黑色幽默派'小说不可呢?为什么不能用现实主义的手法来表现呢?"

我觉得这一建议很有道理。

詹牧师住在医院里，病情时好时坏。神志恍惚的时候，他总说胡话，仍在构思"黑色幽默派"小说，但也都是像过去一样地不能成立。清醒的时候他就长吁短叹，想这个，想那个，想自己的一生，填写了几首《忆江南》：

其一

女儿好，为父太心残。夜夜梦中相对坐，朝朝醒来又难圆，此恨到何年？

其二

我儿强，不似父愚蛮。做人当有君子勇，行路须防小人谗，逆耳是忠言。

其三

死何惧？无奈不心安。一世勤勉为虚度，百般壮志作空谈，不死亦无颜。

其四

力竭尽，何必自寻烦？利禄千金轻如土，清风两袖重于山，唯此又心安。

其五

平生忆，最忆是童年。白芷送茶难成梦，庆生伏案不知眠，店堂小灯前。

其六

盼来世,当记此生难。墨海书舟重努力,雄关险道再登攀,胜败不由天。

其七

终有憾,此憾在人间,朽树犹燃熊熊火,落花也留片片丹,小舟逝如烟。

我心里很难过,但又实在不能给他什么帮助。想起他儿子的话,我说:"您何妨把您一生的境遇,就用现实主义的手法表现出来呢?"

他摇头叹气道:"找不到恰当的角度。"

我说:"如果您愿意,您口述,我来整理。既然生活素材是真实的,有什么不好找角度的呢?"

他摇头,许久不言语。一会儿,他又乱七八糟地说起胡话来,还是不忘他的"黑色幽默"。

我不知道怎样才能给即将归天的詹牧师以安慰。詹牧师的儿子出了一个主意。当詹牧师又清醒了一些的时候,我们俩一起骗他。

他先说:"我们把您那些'黑色幽默'的素材,用现实主义的手法写成了,效果很好。"

我赶紧说:"我在出版社的朋友不少,您的作品得到他们的一致好评,他们准备用。"

詹牧师呆呆地望着我。

"不久就能发表了。"我说。

詹牧师直勾勾地盯着我。

"肯定能发表。"我又说。

詹牧师微微地笑了。

我很高兴,我希望他能怀着愉快的心情离开人间。

"你是说,这下子行了?"詹牧师说。

"行了。"

"你是说,我们到底写成了'黑色幽默派'小说?"

"什么?!"

"像那样的东西,能发表,这不是绝不可能发生的事吗?"

我和詹牧师的儿子慢慢直起腰,默然相对。

"这样,黑色和幽默就全有了。这个构思好,符合那一条……"

我和詹牧师的儿子半天才缓过劲儿来,我们向他说明,是真的能发表。控诉"四人帮"的罪行,让人们更珍惜今天的生活,这怎么会不可能发表呢?写出人民在"十年内乱"中的痛苦遭遇,以便总结历史经验,防止悲剧的重演,这样的作品怎么会不可能发表呢?……

詹牧师却又陷入了昏迷。

我的希望倒是达到了,詹牧师死前分明感到了成功的喜悦……

八二年十二月十二日零点五十七分,詹牧师的心脏停止了跳动。终年七十三岁。

下　集

最近，为了写这篇报告文学，我又查阅了詹牧师的一些遗物。这是经过了詹牧师的儿子允许的。他说："反正你们这些舞文弄墨的人闲着也是闲着。不过你们要是再不说真话，你自己掂量你们是在干吗吧。"然后他就由我去翻腾詹牧师的遗物了。他去忙他的事。他正筹备办工厂，并兼办一所幼儿园。"将来有条件，我还要在我们那个小地方办大学呢。"他说。"实业和教育是最重要的！"他说。"其他才能谈得上。"他说。

詹牧师的遗物主要由两部分组成：大量的藏书；大量的手稿和大量的没有寄出的信件。

有一个发现弄得我心情很沉重。

我不能不如实地告诉各位读者：詹牧师确凿是一个风派人物。我也很难过，但事实终归是事实，不能用私人感情来代替。毫无办法，许多物证就是那样铁一般地存在着，我又是个记者，神圣的使命要求我必须忠实于事实。其实倒霉的是我，詹牧师早已解脱了，而我的这篇报告文学却有前功尽弃的危险。谁见过报告一个风派人物的文学呢？虽然也是人物。就此放弃又舍不得，还是试试看吧，反正是报告，又不是为他唱颂歌，万一有人给我扣小帽子，我就往詹牧师身上一推了事。事情是他干的，与我有什么相干？

我并没有像有些人那样，先确定某人是一个风派人物，然后再去凑证据。我是先有证据，后做结论的。证据之一是詹牧师的藏书。书名、购买日期、扉页上的题字或批注之间的关系，颇耐人寻味。为方便读者起见，我选中其中一小部分做成了一份表格，现公之于众，以醒后人。

书名	购买日期	扉页上的题字或批注			备注
		第一回	第二回	第三回	
《新约全书》	1930.12.25	我主真道万古流行（后涂去）	用于学术研究（后涂去）	仅供批判	
《家用大百利全书》	1945元旦	白芷吾妻新年快乐（后涂去）	仅供参考（后涂去）	仅供批判	书页中夹一朵干枯的小花
《资本论》	1955.10.10	知识就是力量（后涂去）	学习,学习,再学习!	放之四海而皆准	书中画过一些标记已擦去
《毛泽东选集》	1958春节	伟大的公仆	有雄文四卷为民立极	读毛主席的书，听毛主席的话，做毛主席的好战士!	同上
《论共产党员的修养》	1962.10.1	伟大的公仆（后涂去）	奴隶主义的大毒单（后涂去）	真金不怕火炼	作者姓名上曾有红×，现已擦去
《创业史》	1965.4.20	文艺为工农兵服务（后涂去）	大毒草（后涂去）	文艺为工农兵服务	同上
评新编历史剧《海瑞罢官》	1966春	千万不要忘记阶级斗争（后涂去）	反革命祸心的自我暴露		作者姓名上有红×

关于詹牧师的报告文学

书名	购买日期	扉页上的题字或批注			备 注
		第一回	第二回	第三回	
《林彪同志论毛泽东思想》	1967.8.1	真知灼见（后涂去）	祝林副主席身体健康，永远健康（后涂去）	阴谋家的用心早已暴露无余	同上
《红色娘子军》（总谱）	漏写	划时代的伟大创举（后涂去）	我们工农兵最爱看（后涂去）	大快人心事粉碎"四人帮"	
《国家与革命》	1972.10.1	要认真读马列原著			
《批判资产阶级去权文章汇编》	漏写	活到老学到老（后涂去）	严防中央出修正主义（后涂去）	纯属贼喊捉贼	贴了一张王、张、江、姚的漫画
《宋江丑史》	1975秋	坚决反击右倾翻案风（后涂去）	借题发挥，妄图篡党夺权的铁证		宋江二字被打过×，现已擦掉
《英语广播讲座》	1978.2.4	知识就是力量	还是要重视政治思想工作		
《"四五"革命诗抄》	1979.10.20	防民之口甚于防川	言论自由是人民的权利		

由此表不难看出，詹牧师的观点和立场，随机性很强。往好里说，也是缺乏独立思考的能力。

不久前，我又去詹牧师当年所在的教会做了一次采访，所得的印象也与前相差不多。

他早年的一位教友说："詹鸿鹄一向是赶潮流的，没有自己的主见。50年代他退出教会时把宗教贬得一钱不值，后来教会重新恢复活动时他又来祝贺。"

他早年的一位学生也证明："詹先生还在留言簿上写了一位名人的话，'人在精研哲学之后重新皈依的那位上帝，和由于对哲学知之不深而远离的那位上帝，根本不是同一位上帝'。"

现任主讲牧师何少光说："鸿鹄是有意重新'出山'，托人和我提起过。我倒是没意见，但一来人事方面没有名额，二来嘛，别人都担心他会不会什么时候又来个反戈一击。唉，鸿鹄当年的学生目前都在教会中负一定责任了，经常接待外宾，他自己反倒落得传电话。他当年要是不……唉！鸿鹄一生善良、勤勉，吃亏就吃在赶潮流上。"

还有两份材料可以证明，詹牧师确是惯于见风使舵的。其一是詹牧师于1966年10月写的一份声明；其二是他于1981年10月写的一份申请书。两相对照，一斑可见全豹。

放弃硕士学位声明（节录）

……我是个资产阶级臭知识分子，几十年来一直迷恋于成名成家，陷进了封资修的臭泥塘，不能自拔；自以为有学问，看不起普通劳动人民，迷失了政治方向。无产阶级"文化大革命"的春雷震醒了我，使我心明眼亮。我现在郑重声明：从即日起放弃硕士学位，甘当人民的老黄牛。同时声明：于明日下午3时烧毁我的所有著作。我是心甘情愿的。在革命派的帮助下，我认识到我过去的全部著作都是资产阶级反动立场的产物,无非一堆废纸,不烧何用?!……

博士学位申请书(节录)

……我平生的志愿就是做自己祖国的博士……我决心努力攀登哲学高峰,写出《中国宗教思想概论》,作为我的博士论文。

我已于三十多年前就获取了神学、史学两项硕士学位。三十多年来,我一直兢兢业业,努力奋斗,刻苦钻研,坚持不懈。在严酷的考验中,我的愿望深埋心底,耐心等待。我终于盼到了今天。学位委员会的成立,燃起我希望之火,召唤我纵马登程。祖国正是百废待举,倍需人才之际。我虽年迈,但壮心犹存;唯其年迈,才当百倍抓紧,万倍努力。"春蚕到死丝方尽,蜡炬成灰泪始干"。我决心尽残年之微力,写好博士论文,为四个现代化做出贡献……

〔注十六〕据调查,"声明"和"申请"都没有贴出、寄出过。

詹牧师写完了"声明",征求詹夫人的意见,詹夫人不答,默然垂泪。詹牧师也没了主意。半天,詹夫人才说:"你要不去埋那把刀子,何至于引得他们来抄家?"

詹牧师有一把很漂亮的蒙古刀,纯粹的工艺美术品,但他担心被人告发为"私藏武器,妄图变天",在六六年的一个深夜拿出去想埋掉,结果被几个红卫兵抓住。

"我不去埋,他们也要抄的。"詹牧师愧然答道。

"我们不如回老家去,省得被他们赶。"詹夫人说。

"不知家里的房子还有没有。"

"可以先向亲戚们借一间。"

"'回春堂'不知还有没有。"

"家乡多安静,我喜欢安静。"

"尤其是夜里,什么声音也没有,睡得也香甜。"

"有时候有卖馄饨的在窗外吆喝。"

"放些虾皮,紫菜,还有香菜和青韭末儿,再放点香油,啧!"

"什么时候我给你做一回。"

"你可做不出那味儿来。"

……

但他们没有贴出"声明",也没有回老家去。

"申请"呢?是什么原因使之没有寄出去?不详。

还有两份白纸黑字的证据。

第一份是詹牧师做的一首《满江红·悼念周总理》,幸亏当初没有落入"四人帮"之手,否则他大约就不会活到被我发现的时候了。诗词原文如下:

噩耗忽闻,哭无泪,肝肠欲裂。周总理,功盖乾坤,德昭日月。帷幄运筹轻生死,握发吐哺无昼夜。叹古今,被害是忠良,天当灭! 潇潇雨,飘飘雪。风声咽,哀声绝。把杯酒轻酹,志承先烈。大地珍埋男儿骨,长河敬殓英雄血。恨难消,何日斩群妖,天下谢。

如果我的发现到此为止,多好哇!那样我既可以为自己与这样一位勇士相识而自豪,我的报告文学也就可以具有英雄史诗般的气魄了。然而不幸,我又发现了一份证据——詹牧师写给江青的一封信!天哪,幸亏它是让我发现了,我为死者出了一身冷汗:如果是落入外人手里,詹牧师便有一百张嘴,也难说清楚了。信文如下:

敬爱的江青同志:
　　首先祝您身体健康!
　　我是

信文到此结束。以下是一些乱七八糟的算式,估计是詹牧师在计算当日的生活开销时所为。二角三分,估计是一瓶酱油;四角五分,估计是半斤鸡蛋;二分,可能是一盒火柴;红笔写的一角二分,大约是当日的财政赤字。如此等等,就不一一推敲了。也许是因为此信没有写下去,也许更是因为账目的重要性,詹牧师把这一页纸留了下来,后来就忘了,所以没有及时销毁。

诗文和信文都没有注明写作日期。唉,我的詹牧师,让我说你什么好呢?

我又走访了一位詹牧师生前最亲密的朋友——一位退休的

中学教师。可喜可贺，这位老先生的证词，似乎可以推翻"詹牧师是个风派人物"这一结论。他说："小舟吗？也谈不上什么赶潮流不赶潮流，更谈不上什么风派不风派。他不过是闲不住，而且总是自命不凡，想干一番大事业，愿意和一些名人、大事发生些联系；他总有怀才不遇的思想，常常就做出些古怪的事情来。"这位老先生举了几个例子，以资证明：

A．詹牧师并非只给江青写过信。在齐奥塞斯库当选为总统的时候，他也请罗马尼亚驻华使馆代转过他的贺信。他不光写贺信，也写过抗议信。苏军侵略阿富汗的时候，他给勃列日涅夫写过抗议信。英军进攻马岛的时候，他给撒切尔夫人和加尔铁里总统都写过劝告信。只是都没有得到预期的反响。

B．估计收到过詹牧师的信的人会很多。只要报纸上出现了一位先进人物或别的什么人物，他就要立刻写信去，向人家表示祝贺或慰问。詹牧师对名人总是由衷地敬仰。有一回，詹牧师的小孙子大便之后，对屎的出处表示了惶惑："爷爷，这是从哪儿出来的？""肛门。""什么是肛门？""这就是肛门。"詹牧师一边给小孙子擦屁股一边解释道。"您也有肛门吗？""有，所有的人都有。"孙子忽然指着报纸上一位名人的照片问："他也有吗？"詹牧师给了孙子一巴掌："嗐！不许瞎说！"

有一点需要强调：敬仰归敬仰，詹牧师绝不是想从中得到什么好处。除非万不得已，他从来是不求人的。

还有一点要强调：詹牧师也并不是只敬仰名人。如果要糊顶棚,他崇拜糊匠;要是漆桌子,他只信得过漆匠……有一回,詹牧师碰巧得了一些木料,想做一个书架,儿子几次要动手都被他制止。"你做过什么?!"他说。等儿子瞒着他把书架做好了,对他说:"我找了个七级木工给做的。"詹牧师连连夸奖:"这活儿做得够多地道。"因詹牧师的儿子计划不周,在书架的左立柱上多锯了一道口,为对称起见,索性又在右立柱上也锯了一道。詹牧师一直琢磨不出这两道口是做什么用的,试着往上面挂了两回网袋,也挂不住。

C. 凡国内外大事,詹牧师都关心。国内的,譬如:东北及西南林区的乱砍滥伐问题,华南虎及丹顶鹤的保护问题,各地名胜古迹应该加强管理和利用起来发展旅游业问题,城近郊区应该发展养鱼业、街道两旁应改种香椿树以解决春季蔬菜短缺状况,以至目前晚育造成的难产率增高的问题,等等,他都给予关注。他去图书馆查阅书籍、资料,去请教过专家,也给有关方面写过信,申述了自己的意见。国外的呢,主要是世界和平问题。他曾在自家墙上挂过一张民用世界地图,并做了一块布帘挡在上面。有时候他拉开布帘,在地图上画些箭头、虚线和实线;也插一些小旗子,红的、白的、黑的;然后在屋子里低头踱步,默默地思考。他确实有过一些颇具先见之明的预言,譬如:他早在60年代末就说过,欧洲是世界战略的重点,亚洲的问题出在印度和西亚。不过也有过错误的判断:第三次世界大战迫在眉睫。

D. 詹牧师喜欢体验一种崇高感,或者叫作价值感。

只要能稍稍与国内外大事有所关联,他便要陶醉,甚至闹到自己也把握不住自己的地步。亏得有詹夫人时常阻拦他,向他晓以利害,这才避免了不少祸事。"否则,"詹牧师的老朋友说,"真难说他要做出什么事来呢!假如'四人帮'重用他,他说不定会因为被重用而忘乎所以的。反过来,倘使有一位厂长或局长什么的,看重他,他肯定也会废寝忘食地为'四化'出力。他早就提出过要重视智力开发的主张,可惜那时没人理他。他就是盼望被人重视。我看,他之所以想起给江青写信,准是有什么人在他耳边吹风,吹得多了、神了,他就信以为真,觉得似乎那样就能有机会实现他的某项设想。至于这首《满江红》嘛,我敢担保的只是,小舟对周总理是衷心热爱的。总理逝世当天,我们俩找了个没人的地方待了一天,什么也吃不下,什么也说不出,小舟一个劲儿叹气,蹭地,把黄土地上蹭了两道深沟。他有胆子写那么一首诗词,也肯定是受了别人的鼓动,十有八九是受了他儿子的鼓动,否则他绝不敢写什么'何日斩群妖'之类的。不过还有一种可能,那首词是他在粉碎'四人帮'之后写的。他儿子就常说他不是史学硕士,而是史学'修士',意思就是说他总是根据现在的情况修改、打扮自己的历史。不然,他敢把这么一首诗词保留下来,是不太好想象的。"

E. 詹牧师甚至喜欢模仿伟人的动作(不错,这一点笔者也可以证明,他每次和我见面,哪怕是只相隔半天儿,也要和我握手,伸手的姿势就像列宁)。

但从以上五点，能说明什么呢？能说明詹牧师不是风派吗？能说明詹牧师就是风派吗？我实在也吃不准。但报告文学是应该报告得准确、真实、全面的，所以我把这些情况也都零零碎碎地写了下来。如果能在篇头印上八个字"内部参考，请勿外传"，我以为是慎重的。

续　集

关于詹牧师多次伪造表扬稿以骗取稿费，并在被揭露后缄口不谈此事一节，我一直考虑是否删去。倒不是怕海淫海盗，误人子弟，实在是那样写来太有些不明不白。正当我举棋不定之际，昨天，詹牧师的街坊们又向我提供了一些新情况。

甲——詹牧师的老街坊宋科长的书面意见：

我认为，詹小舟同志绝不是那种为了名利就去昧着良心胡编乱造的人。为了名吗？可是发表那么几篇表扬稿能出什么名呢？为了钱吗？更不可信。詹小舟同志多年来一直义务为大家打扫厕所，街坊们曾经商量着要给他些报酬（每月九块），他都不要。他说："我不是为了钱，我也不是打扫厕所的。"大家不敢再提。我们有时候也想帮助打扫打扫，但每天早晨，无论你起得多早，厕所还是已经被詹小舟同志打扫过了。后来发现詹小舟同志是在夜里打扫厕所的，他每夜都要看书学习到一两点钟，然后就去打扫厕所。我们都睡得早，不能等到所有的人把一天的厕所都上完（原文如此——作者注），再去睡呀……

乙——詹牧师的邻居徐老太太的口头证明：

可不是怎么的？詹大哥净给大伙儿办好事，正经八百一个老雷锋。甭瞧我还比他小两岁，可腿脚儿不济，取趟奶来回就得他妈一个多钟头，詹大哥见天清早儿帮我取奶，黑了还管倒脏土。我心里不落忍的，人家也那么大岁数了不是？我就说您甭价啦。可詹大哥说，街里街坊的一块儿住着，谁和谁呀？人家可不是像我这么说的，人家开口就是文明词儿，说是"五洲四海翻腾，到了儿都得往一块儿走"。（估计詹牧师的原话可能是："我们都是来自五湖四海……走到一起来了。"——作者注）唉，那可是个善净人儿。说他骗钱花？说这话的人可是他妈瞎了狗眼啦！

丙——詹牧师隔壁的孙老师的书面证明：

詹老先生常说：这些年社会风气的变坏，全是因为"四人帮"把人们的道德标准搞乱了。善而不赏，恶而不罚，必定铸患无穷。而罚恶的好办法，莫过于赏善。善既立，恶不逞。

所以，我认为，詹老先生之所以总写表扬稿，意在赏善。用现行的语言说就是：榜样的力量是无穷的。前年，詹老先生去眼镜店配眼镜，营业员不耐烦地把眼镜扔给他，把一个镜片摔碎了，营业员反而怨詹老先生没接住，一定要詹老先生赔。后来詹老先生对我说："你跟他吵有什么好处？你说三道四地教育他，反倒会激起他的反抗心理，使他更加不热爱本职工作。"所以詹老先生就原价把那副眼镜买了下来，并写了一篇表扬稿，表扬了一个假设的、态度非常好的营业员……

丁——职工学校的看门人老郭头的口头证明：

您问詹老儿？那老头儿可是心眼儿好！那人心眼儿忒好！那老两口子心眼儿都好！没比！说件具体的？我说的这些全是具体的。说件真事？……我刚来这儿的时候，是夏间天儿，大晌午的老阳儿挺毒，詹老头儿一盆一盆地往球场上泼水，我不懂规矩，还直嗔着人家。敢情他是为了学生们下了课好打球。我还给人家埋怨了一顿。好人哪！詹太太人更好，包了饺子就喊我去，说我一人儿闷得慌。其实我倒惯了，也不觉着闷。这会儿那老两口儿全死了，我时常倒真觉着憋闷了。好人哪！——上了天堂啦！——

还有一些证词，因篇幅所限，略去。

补　遗

詹牧师死后，我和他儿子给他换衣服时发现，在他贴身穿的衬衣兜里有一个小塑料包儿。打开一层塑料包儿，又是一层塑料包儿，一共三四层，里面包着两张照片。一张是"全家福"——年轻的詹牧师抱着小女儿，年轻的詹夫人搂着儿子。另一张是詹牧师当年获硕士学位时的留影，戴着硕士帽，风度翩翩。除此之外，还有一件东西——怎么说呢？请诸君原谅并且保密——一个镀金的小十字架。

还有一件事。詹牧师的儿子给詹牧师写了一篇非常奇怪的悼词,其中有这么一段话:

> ……记得小时候,有一次我问爸爸:"树叶是什么颜色的?"爸爸回答:"绿的。"我又问:"那绿色是什么样的?"爸爸回答:"就是树叶那样的。"我说:"如果这就是绿色,那绿色又是什么样的呢?"爸爸想了半天,笑了,拍拍我的肩膀。那时候多快乐呀……

1983年5月2日

命若琴弦

史铁生

莽莽苍苍的群山之中走着两个瞎子,一老一少,一前一后。两顶发了黑的草帽起伏攒动,匆匆忙忙,像是随着一条不安静的河水在漂流。无所谓从哪儿来,也无所谓到哪儿去,每人带一把三弦琴,说书为生。

方圆几百上千里的这片大山中,层峦叠嶂,沟壑纵横,人烟稀疏,走一天才能见一片开阔地,有几个村落。荒草丛中随时会飞起一对山鸡,跳出一只野兔、狐狸或者其他小野兽。山谷中常有鹞鹰盘旋。

寂静的群山没有一点阴影,太阳正热得凶。

"把三弦子抓在手里。"老瞎子喊,在山间震起回声。

"抓在手里呢。"小瞎子回答。

"操心身上的汗把三弦子弄湿了。弄湿了晚上弹你的肋条?"

"抓在手里呢。"

老少二人都赤着上身,各自拎了一条木棍探路,缠在腰间的粗布小裀已经被汗水汭湿了一大片。蹚起来的黄土干得呛人。这正是说书的旺季。天长,村子里的人吃罢晚饭都不待在家里;有的人晚饭也不在家里吃,捧上碗到路边去,或者到场院里。老瞎子想赶着多说书,整个热季领着小瞎子一个村子一个村子紧走,一晚上一晚上紧说。老瞎子一天比一天紧张、激动,心里算定:弹断一千根琴弦的日子就在这个夏天了,说不定就在前面的野羊坳。

暴躁了一整天的太阳这会儿正平静下来,光线开始变得深沉。远远近近的蝉鸣也舒缓了许多。

"小子!你不能走快点儿吗?"老瞎子在前面喊,不回头也不放慢脚步。

小瞎子紧跑几步,吊在屁股上的一只大挎包丁零哐啷地响,离老瞎子仍有几丈远。

"野鸽子都往窝里飞啦。"

"什么?"小瞎子又紧走几步。

"我说野鸽子都回窝了,你还不快走!"

"噢。"

"你又鼓捣我那电匣子呢。"

"嗳——鬼动来。"

"那耳机子快让你鼓捣坏了。"

"鬼动来!"

老瞎子暗笑:你小子才活了几天?"蚂蚁打架我也听得

着。"老瞎子说。

小瞎子不争辩了,悄悄把耳机子塞到挎包里去,跟在师父身后闷闷地走路。无尽无休的无聊的路。

走了一阵子,小瞎子听见有只獾在地里啃庄稼,就使劲学狗叫,那只獾连滚带爬地逃走了,他觉得有点儿开心,轻声哼了几句小调儿,哥哥呀妹妹的。师父不让他养狗,怕受村子里的狗欺负,也怕欺负了别人家的狗,误了生意。又走了一会儿,小瞎子又听见不远处有条蛇在游动,弯腰摸了块石头砍过去,"哗啦啦"一阵高粱叶子响。老瞎子有点儿可怜他了,停下来等他。

"除了獾就是蛇。"小瞎子赶忙说,担心师父骂他。

"有了庄稼地了,不远了。"老瞎子把一个水壶递给徒弟。

"干咱们这营生的,一辈子就是走。"老瞎子又说,"累不?"

小瞎子不回答,知道师父最讨厌他说累。

"我师父才冤呢。就是你师爷,才冤呢,东奔西走一辈子,到了没弹够一千根琴弦。"

小瞎子听出师父这会儿心绪好,就问:"师父,什么是绿色的长乙(椅)?"

"什么?噢,八成是一把椅子吧。"

"曲折的油狼(游廊)呢?"

"油狼?什么油狼?"

"曲折的油狼。"

"不知道。"

"匣子里说的。"

"你就爱瞎听那些玩意儿。听那些玩意儿有什么用?天底下的好东西多啦,跟咱们有什么关系?"

"我就没听您说过,什么跟咱们有关系。"小瞎子把"有"字说得重。

"琴!三弦子!你爹让你跟了我来,是为让你弹好三弦子,学会说书。"

小瞎子故意把水喝得咕噜噜响。

再上路时小瞎子走在前头。

大山的阴影在沟谷里铺开来。地势也渐渐地平缓,开阔。

接近村子的时候,老瞎子喊住小瞎子,在背阴的山脚下找到一个小泉眼。细细的泉水从石缝里往外冒,淌下来,积成脸盆大的小洼,周围的野草长得茂盛,水流出去几十米便被干渴的土地吸干。

"过来洗洗吧,洗洗你那身臭汗味儿。"

小瞎子拨开野草在水洼边蹲下,心里还在猜想着"曲折的油狼"。

"把浑身都洗洗。你那样儿准像个小叫花子。"

"那您不就是个老叫花子了?"小瞎子把手按在水里,嘻嘻地笑。

老瞎子也笑,双手捧起水往脸上泼:"可咱们不是叫花子,咱们有手艺。"

"这地方咱们好像来过。"小瞎子侧耳听着四周的动静。

"可你的心思总不在学艺上。你这小子心太野。老人的话你从来不着耳朵听。"

"咱们准是来过这儿。"

"别打岔!你那三弦子弹得还差着远呢。咱这命就在这几根琴弦上,我师父当年就这么跟我说。"

泉水清凉凉的。小瞎子又哥哥呀妹妹地哼起来。

老瞎子挺来气:"我说什么你听见了吗?"

"咱这命就在这几根琴弦上,您师父我师爷说的。我都听过八百遍了。您师父还给您留下一张药方,您得弹断一千根琴弦才能去抓那服药,吃了药您就能看见东西了。我听您说过一千遍了。"

"你不信?"

小瞎子不正面回答,说:"干吗非得弹断一千根琴弦才能去抓那服药呢?"

"那是药引子。机灵鬼儿,吃药得有药引子!"

"一千根断了的琴弦还不好弄?"小瞎子忍不住哧哧地笑。

"笑什么笑!你以为你懂得多少事?得真正是一根一根弹断了的才成。"

小瞎子不敢吱声了,听出师父又要动气。每回都是这样,师父容不得对这件事有怀疑。

老瞎子也没再作声,显得有些激动,双手搭在膝盖上,两颗骨头一样的眼珠对着苍天,像是一根一根地回忆着那些弹断的琴弦。盼了多少年了呀,老瞎子想,盼了五十年了!五十年中翻了多少架山,走了多少里路哇,挨了多少回晒,挨了多少回冻,心里受了多少委屈呀。一晚上一晚上地弹,心里总记着,得真正是一根一根尽心尽力地弹断的才成。现在快盼到了，绝出不了这个夏天了。老瞎子知道自己又没什么能要命的病，活过这个夏天一点儿不成问题。"我比我师父可运气多了，"他说，"我师父到了儿没能睁开眼睛看一回。"

"咳！我知道这地方是哪儿了！"小瞎子忽然喊起来。

老瞎子这才动了动，抓起自己的琴来摇了摇，叠好的纸片碰在蛇皮上发出细微的响声，那张药方就在琴槽里。

"师父，这儿不是野羊岭吗？"小瞎子问。

老瞎子没搭理他，听出这小子又不安稳了。

"前头就是野羊坳，是不是，师父？"

"小子，过来给我擦擦背。"老瞎子说，把弓一样的脊背弯给他。

"是不是野羊坳，师父？"

"是！干什么？你别又闹猫似的。"

小瞎子的心扑通扑通跳，老老实实地给师父擦背。老瞎子觉出他擦得很有劲。

"野羊坳怎么了？你别又叫驴似的会闻味儿。"

小瞎子心虚，不吭声，不让自己显出兴奋。

"又想什么呢？别当我不知道你那点儿心思。"

"又怎么了，我？"

"怎么了你？上回你在这儿疯得不够？那妮子是什么好货！"老瞎子心想，也许不该再带他到野羊坳来。可是野羊坳是个大村子，年年在这儿生意都好，能说上半个多月。老瞎子恨不能立刻弹断最后几根琴弦。

小瞎子嘴上嘟嘟囔囔的，心却飘飘的，想着野羊坳里那个尖声细气的小妮子。

"听我一句话,不害你。"老瞎子说,"那号事靠不住。"

"什么事?"

"少跟我贫嘴。你明白我说的什么事。"

"我就没听您说过,什么事靠得住。"小瞎子又偷偷地笑。

老瞎子没理他,骨头一样的眼珠又对着苍天。那儿,太阳正变成一汪血。

两面脊背和山是一样的黄褐色。一座已经老了,嶙峋瘦骨像是山根下裸露的基石。另一座正年轻。老瞎子七十岁,小瞎子才十七。

小瞎子十四岁上父亲把他送到老瞎子这儿来,为的是让他学说书,这辈子好有个本事,将来可以独自在世上活下去。

老瞎子说书已经说了五十多年。这一片偏僻荒凉的大山里的人们都知道他:头发一天天变白,背一天天变驼,年年月月背一把三弦琴满世界走,逢上有愿意出钱的地方就拨动琴弦唱一晚上,给寂寞的山村带来欢乐。开头常是这么几句:"自从盘古分天地,三皇五帝到如今,有道君王安天下,无道君王害黎民。轻轻弹响三弦琴,慢慢稍停把歌论,歌有三千七百本,不知哪本动人心。"于是听书的众人喊起来,老的要听董永卖身葬父,小的要听武二郎夜走蜈蚣岭,女人们想听秦香莲。这是老瞎子最知足的一刻,身上的疲劳和心里的孤寂全忘却,不慌不忙地喝几口水,待众人的吵嚷声鼎沸,便把琴弦一阵紧拨,唱道:"今日不把别人唱,单表公子小罗成。"或者:"茶也喝来烟也吸,唱一回哭倒长城的孟姜女。"满场立刻鸦雀无声，老瞎子也全心沉到自己所说的书中去。

他会的老书数不尽。他还有一个电匣子，据说是花了大价钱从一个山外人手里买来，为的是学些新词儿，编些新曲儿。其实山里人倒不太在乎他说什么唱什么。人人都称赞他那三弦子弹得讲究，轻轻漫漫的，飘飘洒洒的，疯疯狂放的，那里头有天上的日月，有地上的生灵。老瞎子的嗓子能学出世上所有的声音，男人、女人，刮风下雨，兽啼禽鸣。不知道他脑子里能呈现出什么景象，他一落生就瞎了眼睛，从没见过这个世界。

小瞎子可以算见过世界，但只有三年，那时还不懂事。他对说书和弹琴并无多少兴趣，父亲把他送来的时候费尽了唇舌，好说歹说连哄带骗，最后不如说是那个电匣子把他留住。他抱着电匣子听得入神，甚至没发觉父亲什么时候离去。

这只神奇的匣子永远令他着迷，遥远的地方和稀奇古怪的事物使他幻想不绝，凭着三年朦胧的记忆，补充着万物的色彩和形象，譬如海，匣子里说蓝天就像大海，他记得蓝天，于是想象出海；匣子里说海是无边无际的水，他记得锅里的水，于是想象出满天排开的水锅。再譬如漂亮的姑娘，匣子里说就像盛开的花朵，他实在不相信会是那样。母亲的灵柩被抬到远山上去的时候，路上正开遍着野花，他永远记得却永远不愿意去想。但他愿意想姑娘，越来越愿意想，尤其是野羊坳的那个尖声细气的小妮子，总让他心里荡起波澜。直到有一回匣子里唱道"姑娘的眼睛就像太阳"，这下他才找到了一个贴切的形象，想起母亲在红透的夕阳中向他走来的样子，其实人人都是根据自己的所知猜测着无穷的未知，以自己的感情勾画出世界。每个人的世界就都不同。

也总有一些东西小瞎子无从想象,譬如"曲折的油狼"。

这天晚上,小瞎子跟着师父在野羊坳说书,又听见那小妮子站在离他不远处尖声细气地说笑。书正说到紧要处——"罗成回马再交战,大胆苏烈又兴兵。苏烈大刀如流水,罗成长枪似腾云,好似海中龙吊宝,犹如深山虎争林。又战七日并七夜,罗成清茶无点唇……"老瞎子把琴弹得如雨骤风疾,字字句句唱得铿锵。小瞎子却心猿意马,手底下早乱了套数……

野芋岭上有一座小庙,离野羊坳村二里地,师徒二人就在这里住下。石头砌的院墙已经残断不全,几间小殿堂也歪斜欲倾,百孔千疮,唯正中一间尚可遮蔽风雨,大约是因为这一间中毕竟还供奉着神灵。三尊泥像早脱尽了尘世的彩饰,还一身黄土本色返璞归真了,认不出是佛是道。院里院外、房顶墙头都长满荒藤野草,蓊蓊郁郁倒有生气。老瞎子每回到野羊坳说书都住这儿,不出房钱又不惹是非。小瞎子是第二次住在这儿。

散了书已经不早,老瞎子在正殿里安顿行李,小瞎子在侧殿的檐下生火烧水。去年砌下的灶稍加修整就可以用。小瞎子撅着屁股吹火,柴草不干,呛得他满院里转着圈咳嗽。

老瞎子在正殿里数叨他:"我看你能干好什么。"

"柴湿嘛。"

"我没说这事。我说的是你的琴,今儿晚上的琴你弹成了什么?"

小瞎子不敢接这话茬儿,吸足了几口气又跪到灶火前去,鼓着腮帮子一通儿猛吹。"你要是不想干这行,就趁早给你爹捎信把你领回去。老这么闹猫闹狗的可不行,要闹回家闹去。"

小瞎子咳嗽着从灶火边跳开,几步蹿到院子另一头,呼哧呼哧大喘气,嘴里一边骂。

"说什么呢?"

"我骂这火。"

"有你那么吹火的?"

"那怎么吹?"

"怎么吹?哼,"老瞎子顿了顿,又说,"你就当这灶火是那妮子的脸!"

小瞎子又不敢搭腔了,跪到灶火前去再吹,心想:真的,不知道兰秀儿的脸什么样。那个尖声细气的小妮子叫兰秀儿。

"那要是妮子的脸,我看你不用教也会吹。"老瞎子说。

小瞎子笑起来,越笑越咳嗽。

"笑什么笑!"

"您吹过妮子脸?"

老瞎子一时语塞。小瞎子笑得坐在地上。"日他妈。"老瞎子骂道,笑笑,然后变了脸色,再不言语。

灶膛里腾的一声,火旺起来。小瞎子再去添柴,一心想着兰秀儿。才散了书的那会儿,兰秀儿挤到他跟前来小声说:"哎,上回你答应我什么来?"师父就在旁边,他没敢吭声。人群挤来挤去,一会儿又把兰秀儿挤到他身边。"噫,上回吃了人家的煮鸡蛋倒白吃了?"兰秀儿说,声音比上回大。这时候师父正忙着跟几个老汉拉话,他赶紧说:"嘘!——我记着呢。"兰秀儿又把声音压低:"你答应给我听电匣子你还没给

命若琴弦

我听。""嘘!——我记着呢。"幸亏那会儿人声嘈杂。

正殿里好半天没有动静。之后,琴声响了,老瞎子又上好了一根新弦。他本来应该高兴的,来野羊坳头一晚上就又弹断了一根琴弦。可是那琴声却低沉、零乱。

小瞎子渐渐听出琴声不对,在院里喊:"水开了,师父。"

没有回答。琴声一阵紧似一阵了。

小瞎子端了一盆热水进来,放在师父跟前,故意嘻嘻笑着说:"您今儿晚还想弹断一根是怎么着?"

老瞎子没听见,这会儿他自己的往事都在心中,琴声烦躁不安,像是年年旷野里的风雨,像是日夜山谷中的溪流,像是奔奔忙忙不知所归的脚步声。小瞎子有点儿害怕了:师父很久不这样了,师父一这样就要犯病,头疼、心口疼、浑身疼,会几个月爬不起炕来。

"师父,您先洗脚吧。"

琴声不停。

"师父,您该洗脚了。"小瞎子的声音发抖。

琴声不停。

"师父!"

琴声戛然而止,老瞎子叹了口气。小瞎子松了口气。

老瞎子洗脚,小瞎子乖乖地坐在他身边。

"睡去吧,"老瞎子说,"今儿个够累的了。"

"您呢?"

"你先睡,我得好好泡泡脚。人上了岁数毛病多。"老瞎子故意说得轻松。

"我等您一块儿睡。"

山深夜静。有了一点风,墙头的草叶子响。夜猫子在远处哀哀地叫。听得见野羊坳里偶尔有几声狗吠,又引得孩子哭。月亮升起来,白光透过残损的窗棂进了殿堂,照见两个瞎子和三尊神像。

"等我干吗?时候不早了。"

"你甭担心我,我怎么也不怎么。"老瞎子又说。

"听见没有,小子?"

小瞎子到底年轻,已经睡着。老瞎子推推他让他躺好,他嘴里嘟囔了几句倒头睡去。老瞎子给他盖被时,从那身日渐发育的筋肉上觉出,这孩子到了要想那些事的年龄,非得有一段苦日子过不可了。唉,这事谁也替不了谁。

老瞎子再把琴抱在怀里,摩挲着根根绷紧的琴弦,心里使劲念叨:又断了一根了,又断了一根了。再摇摇琴槽,有轻微的纸和蛇皮的摩擦声。唯独这事能为他排忧解烦。一辈子的愿望。

小瞎子做了一个好梦,醒来吓了一跳,鸡已经叫了。他一骨碌爬起来听听,师父正睡得香,心说还好。他摸到那个大挎包,悄悄地掏出电匣子,蹑手蹑脚出了门。

往野羊坳方向走了一会儿,他才觉出不对头,鸡叫声渐渐停歇,野羊坳里还是静静的没有人声。他愣了一会儿,鸡才叫头遍吗?灵机一动扭开电匣子。电匣子里也是静悄悄。现在是半夜。他半夜里听过匣子,什么都没有。这匣子对他来说还是个表,只要扭开一听,便知道是几点钟,什么时候有什么节目都是一定的。

小瞎子回到庙里,老瞎子正翻身。

"干吗哪?"

"撒尿去了。"小瞎子说。

一上午,师父逼着他练琴。直到晌午饭后,小瞎子才瞅机会溜出庙来,溜进野羊坳。鸡也在树荫下打盹儿,猪也在墙根下说着梦话,太阳又热得凶,村子里很安静。

小瞎子踩着磨盘,扒着兰秀儿家的墙头轻声喊:"兰秀儿——兰秀儿——"

屋里传出雷似的鼾声。

他犹豫了片刻,把声音稍稍抬高:"兰秀儿!兰秀儿!——"

狗叫起来。屋里的鼾声停了,一个闷声闷气的声音问:"谁呀?"

小瞎子不敢回答,把脑袋从墙头上缩下来。

屋里吧唧了一阵嘴,又响起鼾声。

他叹口气,从磨盘上下来,怏怏地往回走。忽听见身后嘎吱一声院门响,随即一阵细碎的脚步声向他跑来。

"猜是谁?"尖声细气。小瞎子的眼睛被一双柔软的小手捂上了——这才多余呢。兰秀儿不到十五岁,认真说还是个孩子。

"兰秀儿!"

"电匣子拿来没?"

小瞎子掀开衣襟,匣子挂在腰上。"嘘!——别在这儿,找个没人的地方听去。"

"咋啦?"

"回头招好些人。"

"咋啦?"

"那么多人听,费电。"

两个人东拐西弯,来到山背后那眼小泉边。小瞎子忽然想起件事,问兰秀儿:"你见过曲折的油狼吗?"

"啥?"

"曲折的油狼。"

"曲折的油狼?"

"知道吗?"

"你知道?"

"当然。还有绿色的长椅。就是一把椅子。"

"椅子谁不知道。"

"那曲折的油狼呢?"

兰秀儿摇摇头,有点儿崇拜小瞎子了。小瞎子这才郑重其事地扭开电匣子,一支欢快的乐曲在山沟里飘荡。

这地方又凉快又没有人来打扰。

"这是《步步高》。"小瞎子说,跟着哼,

一会儿又换了支曲子,叫《旱天雷》,小瞎子还能跟着哼。兰秀儿觉得很惭愧。

"这曲子也叫《和尚思妻》。"

兰秀儿笑起来:"瞎骗人!"

"你不信?"

"不信。"

"爱信不信。这匣子里说的古怪事多啦。"小瞎子玩着凉凉的泉水,想了一会儿,"你知道什么叫接吻吗?"

命若琴弦

"你说什么叫?"

这回轮到小瞎子笑,光笑不答。兰秀儿明白准不是好话,红着脸不再问。

音乐播完了,一个女人说,"现在是讲卫生节目。"

"啥?"兰秀儿没听清。

"讲卫生。"

"是什么?"

"嗯——你头发上有虱子吗?"

"去——别动!"

小瞎子赶忙缩回手来,赶忙解释:"要有就是不讲卫生。"

"我才没有。"兰秀儿抓抓头,觉得有些刺痒。"噫——瞧你自个儿吧!"兰秀儿一把扳过小瞎子的头,"看我捉几个大的。"

这时候听见老瞎子在半山上喊:"小子,还不给我回来!该做饭了,吃罢饭还得去说书!"他已经站在那儿听了好一会儿了。

野羊坳里已经昏暗,羊叫、驴叫、狗叫、孩子们叫,处处起了炊烟。野羊岭上还有一线残阳,小庙正在那淡薄的光中,没有声响。

小瞎子又撅着屁股烧火。老瞎子坐在一旁淘米,凭着听觉他能把米中的沙子拣出来。

"今天的柴挺干。"小瞎子说。

"嗯。"

"还是焖饭？"

"嗯。"

小瞎子这会儿精神百倍，很想找些话说，但是知道师父的气还没消，心说还是少找骂。

两个人默默地干着自己的事，又默默地一块儿把饭做熟。岭上也没了阳光。

小瞎子盛了一碗小米饭，先给师父："您吃吧。"声音怯怯的，无比驯顺。

老瞎子终于开了腔："小子，你听我一句行不？"

"嗯。"小瞎子往嘴里扒拉饭，回答得含糊。

"你要是不愿意听，我就不说。"

"谁说不愿意听了？我说'嗯'！"

"我是过来人，总比你知道得多。"

小瞎子闷头扒拉饭。

"我经过那号事。"

"什么事？"

"又跟我贫嘴！"老瞎子把筷子往灶台上一摔。

"兰秀儿光是想听听电匣子。我们光是一块儿听电匣子来。"

"还有呢？"

"没有了。"

"没有了？"

"我还问她见没见过曲折的油狼。"

"我没问你这个！"

"后来，后来，"小瞎子不那么气壮了，"不知怎么一下就说起了虱子……"

"还有呢?"

"没了。真没了!"

两个人又默默地吃饭。老瞎子带了这徒弟好几年,知道这孩子不会撒谎,这孩子最让人放心的地方就是诚实,厚道。

"听我一句话,保准对你没坏处。以后离那妮子远点儿。"

"兰秀儿人不坏。"

"我知道她不坏,可你离她远点儿好。早年你师爷这么跟我说,我也不信……"

"师爷?说兰秀儿?"

"什么兰秀儿,那会儿还没她呢。那会儿还没有你们呢……"老瞎子阴郁的脸又转向暮色浓重的天际,骨头一样白色的眼珠不住地转动,不知道在那儿他能"看"见什么。

许久,小瞎子说:"今儿晚上您多半儿又能弹断,一根琴弦。"想让师父高兴些。

这天晚上师徒俩又在野羊坳说书。"上回唱到罗成死,三魂七魄赴幽冥,听歌君子莫嘈嚷,列位听我道下文。罗成阴魂出地府,一阵旋风就起身,旋风一阵来得快,长安不远面前存……"老瞎子的琴声也乱,小瞎子的琴声也乱。小瞎子回忆着那双柔软的小手掯在自己脸上的感觉,还有自己的头被兰秀儿扳过去时的滋味儿。老瞎子想起的事情更多……

夜里老瞎子翻来覆去睡不安稳,多少往事在他耳边喧嚣,在他心头动荡,身体里仿佛有什么东西要爆炸。坏了,要犯病,他想。头昏,胸口憋闷,浑身紧巴巴的难受。他坐起来,对自己叨咕:"可别犯病,一犯病今年就甭想弹够那些琴弦了。"他又摸到琴。要能叮叮当当随心所欲地疯弹一阵儿,心头的忧伤或许就能平息,耳边的往事或许就会消散。可是小瞎子正睡得香甜。

他只好再全力去想那张药方和琴弦:还剩下几根,还只剩最后几根了。那时就可以去抓药了,然后就能看见这个世界——他无数次爬过的山,无数次走过的路,无数次感到过她的温暖和炽热的太阳,无数次梦想着的蓝天、月亮和星星……还有呢?突然间心里一阵空,空得深重。就只为了这些?还有什么?他朦胧中所盼望的东西似乎比这要多得多……

夜风在山里游荡。

猫头鹰又在凄哀地叫。

不过现在他老了,无论如何没几年活头了,失去的已经永远失去了,他像是刚刚意识到这一点。七十年中所受的全部辛苦就为了最后能看一眼世界,这值得吗?他问自己。

小瞎子在梦里笑,在梦里说:"那是一把椅子,兰秀儿……"

老瞎子静静地坐着。静静地坐着的还有那三尊分不清是佛是道的泥像。

鸡叫头遍的时候老瞎子决定,天一亮就带这孩子离开野羊坳。否则这孩子受不了,他自己也受不了。兰秀儿人不坏,可这事会怎么结局,老瞎子比谁都"看"得清楚。鸡叫二遍,老瞎子开始收拾行李。

可是一早起来小瞎子病了,肚子疼,随即又发烧。老瞎子只好把行期推迟。

一连好几天，老瞎子无论是烧火、淘米、捡柴，还是给小瞎子挖药、煎药，心里总在说："值得，当然值得。"要是不这么反反复复对自己说，身上的力气似乎就全要垮掉。"我非要最后看一眼不可。""要不怎么着？就这么死了去？""再说就只剩下最后几根了。"后面三句都是理由。老瞎子又冷静下来，天天晚上还到野羊坳去说书。

这一下小瞎子倒来了福气。每天晚上师父到岭下去了，兰秀儿就猫似的轻轻跳进庙里来听匣子。兰秀儿还带来煮熟的鸡蛋，条件是得让她亲手去拧那匣子的开关。"往哪边拧？""往右。""拧不动。""往右，笨货，不知道哪边是右哇？""咔嗒"一下，无论是什么便响起来，无论是什么两人都爱听。

又过了几天，老瞎子又弹断了三根琴弦。

这一晚，老瞎子在野羊坳里自弹自唱："不表罗成投胎事，又唱秦王李世民。秦王一听双泪流，可怜爱卿丧残身，你死一身不打紧，缺少扶朝上将军……"

野羊岭上的小庙里这时更热闹。电匣子的音量开得挺大，又是孩子哭，又是大人喊，轰隆隆地又响炮，嘀嘀嗒嗒地又吹号。月光照进正殿，小瞎子躺着啃鸡蛋，兰秀儿坐在他旁边。两个人都听得兴奋，时而大笑，时而稀里糊涂莫名其妙。

"这匣子你师父哪儿买来的？"

"从一个山外头的人手里。"

"你们到山外头去过？"兰秀儿问。

"没。我早晚要去一回就是，坐坐火车。"

"火车？"

"火车你也不知道？笨货。"

"噢，知道知道，冒烟哩是不是？"

过了一会儿兰秀儿又说："保不准我就得到山外头去。"语调有些恓惶。

"是吗？"小瞎子一挺坐起来，"那你到底瞧瞧曲折的油狼是什么。"

"你说是不是山外头的人都有电匣子？"

"谁知道。我说你听清楚没有？曲、折、的、油、狼，这东西就在山外头。"

"那我得跟他们要一个电匣子。"兰秀儿自言自语地想心事。

"要一个？"小瞎子笑了两声，然后屏住气，然后大笑，"你干吗不要俩？你可真本事大。你知道这匣子几千块钱一个？把你卖了吧，怕也换不来。"

兰秀儿心里正委屈，一把揪住小瞎子的耳朵使劲拧，骂道："好你个死瞎子！"

两个人在殿堂里扭打起来。三尊泥像袖手旁观帮不上忙。两个年轻的正在发育的身体碰撞在一起，纠缠在一起，一个把一个压在身下，一会儿又颠倒过来，骂声变成笑声。匣子在一边唱。

打了好一阵子，两个人都累得住了手，心怦怦跳，面对面躺着喘气，不言声儿，谁却也不愿意再拉开距离。

兰秀儿呼出的气吹在小瞎子脸上，小瞎子感到了诱惑，并且想起那天吹火时师父说的话，就往兰秀儿脸上吹气。兰秀儿并不躲。

命若琴弦　123

"嘿，"小瞎子小声说，"你知道接吻是什么了吗？"

"是什么？"兰秀儿的声音也小。

小瞎子对着兰秀儿的耳朵告诉她。兰秀儿不说话。老瞎子回来之前，他们试着亲了嘴儿，滋味儿真不坏……

就是这天晚上，老瞎子弹断了最后两根琴弦。两根弦一齐断了。他没料到。他几乎是连跑带爬地上了野羊岭，回到小庙里。

小瞎子吓了一跳："怎么了，师父？"

老瞎子气喘吁吁地坐在那儿，说不出话。

小瞎子有些犯嘀咕：莫非是他和兰秀儿干的事让师父知道了？

老瞎子这才相信：一切都是值得的。一辈子的辛苦都是值得的。能看一回，好好看一回，怎么都是值得的。

"小子，明天我就去抓药。"

"明天？"

"明天。"

"又断了一根了？"

"两根。两根都断了。"

老瞎子把那两根弦卸下来，放在手里揉搓了一会儿，然后把它们并到另外的九百九十八根中去，绑成一捆。

"明天就走？"

"天一亮就动身。"

小瞎子心里一阵发凉。老瞎子开始剥琴槽上的蛇皮。

"可我的病还没好利索。"小瞎子小声叨咕。

"噢，我想过了，你就先留在这儿，我用不了十天就回来。"

小瞎子喜出望外。

"你一个人行不？"

"行！"小瞎子紧忙说。

老瞎子早忘了兰秀儿的事："吃的、喝的、烧的全有。你要是病好利索了，也该学着自个儿去说回书。行吗？"

"行。"小瞎子觉得有点儿对不住师父。

蛇皮剥开了，老瞎子从琴槽中取出一张叠得方方正正的纸条。他想起这药方放进琴槽时，自己才二十岁，便觉得浑身上下都好像冷。

小瞎子也把那药方放在手里摸了一会儿，也有了几分肃穆。

"你师爷一辈子才冤呢。"

"他弹断了多少根？"

"他本来能弹够一千根，可他记成了八百。要不然他能弹断一千根。"

天不亮老瞎子就上路了。他说最多十天就回来，谁也没想到他竟去了那么久。

老瞎子回列野羊坳时已经是冬天。

漫天大雪，灰暗的天空连接着白色的群山。没有声息，处处也没有生气，空旷而沉寂，所以老瞎子那顶发了黑的草帽就尤其攒动得显著。他蹒蹒跚跚地爬上野羊岭。庙院中衰草瑟瑟，蹿出一只狐狸，仓皇逃远。

村里人告诉他,小瞎子已经走了些日子。

"我告诉他我回来。"

"不知道他干吗就走了。"

"他没说去哪儿?留下什么话没?"

"他说让您甭找他。"

"什么时候走的?"

人们想了好久,都说是在兰秀儿嫁到山外去的那天。

老瞎子心里便一切全都明白。

众人劝老瞎子留下来,这么冰天雪地的上那儿去?不如在野羊坳说一冬书。老瞎子指指他的琴,人们见琴柄上空荡荡已经没了琴弦。老瞎子面容也憔悴,呼吸也孱弱,嗓音也沙哑了,完全变了个人,他说得去找他的徒弟。

若不是还想着他的徒弟,老瞎子就回不到野羊坳。那张他保存了五十年的药方原来是一张无字的白纸。他不信,请了多少个识字而又诚实的人帮他看,人人都说那果真就是一张无字的白纸。老瞎子在药铺前的台阶上坐了一会儿,他以为是一会儿,其实已经几天几夜,骨头一样的眼珠在询问苍天,脸色也变成骨头一样的苍白。有人以为他是疯了,安慰他,劝他。老瞎子苦笑:七十岁了再疯还有什么意思?他只是再不想动弹,吸引着他活下去、走下去、唱下去的东西骤然间消失干净。就像一根不能拉紧的琴弦,再难弹出赏心悦耳的曲子。老瞎子的心弦断了。现在发现那目的原来是空的。老瞎子在一个小客店里住了很久,觉得身体里的一切都在熄灭。他整天躺在炕上,不弹也不唱,一天天迅速地衰老。直到花光了身上所有的钱,直到忽然想起了他的徒弟,他知道自己死期将至,可那孩子在等他回去。

茫茫雪野，皑皑群山，天地之间攒动着一个黑点。走近时，老瞎子的身影弯得如一座桥。他去找他的徒弟。他知道那孩子目前的心情、处境。

他想自己先得振作起来，但是不行，前面明明没有了目标。

他一路走，便怀恋起过去的日子，才知道以往那些奔奔忙忙兴致勃勃地翻山、赶路、弹琴，乃至心焦、忧虑都是多么欢乐！那时有个东西把心弦扯紧，虽然那东西原是虚设。老瞎子想起他师父临终时的情景。他师父把那张自己没用上的药方封进他的琴槽。"您别死，再活几年，您就能睁眼看一回了。"说这话时他还是个孩子。他师父久久不言语，最后说："记住，人的命就像这琴弦，拉紧了才能弹好，弹好了就够了。"……不错，那意思就是说：目的本来没有。老瞎子知道怎么对自己的徒弟说了。可是他又想：能把一切都告诉小瞎子吗？老瞎子又试着振作起来，可还是不行，总摆脱不掉那张无字的白纸……

在深山里，老瞎子找到了小瞎子。

小瞎子正跌倒在雪地里，一动不动，想那么等死。老瞎子懂得那绝不是装出来的悲哀。老瞎子把他拖进一个山洞，他已无力反抗。

老瞎子捡了些柴，点起一堆火。

小瞎子渐渐有了哭声。老瞎子放了心，任他尽情尽意地哭。只要还能哭就还有救，只要还能哭就有哭够的时候。

小瞎子哭了几天几夜，老瞎子就那么一声不吭地守候着。

火光和哭声惊动了野兔子、山鸡、野羊、狐狸和鹞鹰……

终于小瞎子说话了："干吗咱们是瞎子！"

"就因为咱们是瞎子。"老瞎子回答。

终于小瞎子又说："我想睁开眼看看，师父，我想睁开眼看看！哪怕就看一回。"

"你真那么想吗？"

"真想，真想！——"

老瞎子把篝火拨得更旺些。

雪停了。铅灰色的天空中，太阳像一面闪光的小镜子。鹞鹰在平稳地滑翔。

"那就弹你的琴弦，"老瞎子说，"一根一根尽力地弹吧。"

"师父，您的药抓来了？"小瞎子如梦方醒。

"记住，得真正是弹断的才成。"

"您已经看见了吗？师父，您现在看得见了？"

小瞎子挣扎着起来，伸手去摸师父的眼窝。老瞎子把他的手抓住。

"记住，得弹断一千二百根。"

"一千二？"

"把你的琴给我，我把这药方给你封在琴槽里。"老瞎子现在才弄懂了他师父当年对他说的话——咱的命就在这琴弦上。

目的虽是虚设的，可非得有不行，不然琴弦怎么拉紧？拉不紧就弹不响。

"怎么是一千二，师父？"

"是一千二,我没弹够,我记成了一千。"老瞎子想:这孩子再怎么弹吧,还能弹断一千二百根?永远扯紧欢跳的琴弦,不必去看那张无字的白纸……

这地方偏僻荒凉,群山不断。荒草丛中随时会飞起一对山鸡,跳出一只野兔、狐狸,或者其他小野兽。山谷中鹞鹰在盘旋。

现在让我们回到开始:

莽莽苍苍的群山之中走着两个瞎子,一老一少,一前一后,两顶发了黑的草帽起伏攒动,匆匆忙忙,像是随着一条不安静的河水在漂流。无所谓从哪儿来、到哪儿去,也无所谓谁是谁……

1985年4月20日

我与地坛

史铁生

一

我在好几篇小说中都提到过一座废弃的古园,实际就是地坛。许多年前旅游业还没有开展,园子荒芜冷落得如同一片野地,很少被人记起。

地坛离我家很近。或者说我家离地坛很近。总之,只好认为这是缘分。地坛在我出生前四百多年就坐落在那儿了;而自从我的祖母年轻时带着我父亲来到北京,就一直住在离它不远的地方——五十多年间搬过几次家,可搬来搬去总是在它周围,而且是越搬离它越近了。我常觉得这中间有着宿命的味道:仿佛这古园就是为了等我,而历尽沧桑在那儿等待了四百多年。

它等待我出生，然后又等待我活到最狂妄的年龄上忽地残废了双腿。四百多年里，它一面剥蚀了古殿檐头浮夸的琉璃，淡褪了门壁上炫耀的朱红，坍圮了一段段高墙又散落了玉砌雕栏，祭坛四周的老柏树愈见苍幽，到处的野草荒藤也都茂盛得自在坦荡。这时候想必我是该来了。十五年前的一个下午，我摇着轮椅进入园中，它为一个失魂落魄的人把一切都准备好了。那时，太阳循着亘古不变的路途正越来越大，也越红。在满园弥漫的沉静光芒中，一个人更容易看到时间，并看见自己的身影。

　　自从那个下午我无意中进了这园子，就再没长久地离开过它。我一下子就理解了它的意图，正如我在一篇小说中所说的："在人口密聚的城市里，有这样一个宁静的去处，像是上帝的苦心安排。"

　　两条腿残废后的最初几年，我找不到工作，找不到去路，忽然间几乎什么都找不到了，我就摇了轮椅总是到它那儿去，仅为着那儿是可以逃避一个世界的另一个世界。我在那篇小说中写道，"没处可去我便一天到晚耗在这园子里。跟上班下班一样，别人去上班我就摇了轮椅到这儿来"，"园子无人看管，上下班时间有些抄近路的人们从园中穿过，园子里活跃一阵，过后便沉寂下来"，"园墙在金晃晃的空气中斜切下一溜阴凉，我把轮椅开进去，把椅背放倒，坐着或是躺着，看书或者想事，撅一枝树枝左右拍打，驱赶那些和我一样不明白为什么要来这世上的小昆虫"，"蜂儿如一朵小雾稳稳地停在半空；蚂蚁摇头晃脑捋着触须，猛然间想透了什么，转身疾行而去；瓢虫爬得不耐烦了，累了，祈祷一回便支开翅膀，忽悠一下升空了;树干上留着一只蝉蜕,寂寞如一间空屋;露水在草叶上滚动,聚集,压弯了草叶轰然坠地摔开万道金光","满园子都是草木竞相生长弄出的响动,窸窸窣窣窸窸窣窣片刻不息"。这都是真实的记录,园子荒芜但并不衰败。

除去几座殿堂我无法进去,除去那座祭坛我不能上去而只能从各个角度张望它,地坛的每一棵树下我都去过,差不多它的每一米草地上都有过我的车轮印。无论是什么季节,什么天气,什么时间,我都在这园子里待过。有时候待一会儿就回家,有时候就待到满地上都亮起月光。记不清都是在它的哪些角落里了,我一连几小时专心致志地想关于死的事,也以同样的耐心和方式想过我为什么要出生。这样想了好几年,最后事情终于弄明白了:一个人,出生了,这就不再是一个可以辩论的问题,而只是上帝交给他的一个事实;上帝在交给我们这件事实的时候,已经顺便保证了它的结果,所以死是一件不必急于求成的事,死是一个必然会降临的节日。这样想过之后我安心多了,眼前的一切不再那么可怕。比如你起早熬夜准备考试的时候,忽然想起有一个长长的假期在前面等待你,你会不会觉得轻松一点儿,并且庆幸并且感激这样的安排?

剩下的就是怎样活的问题了。这却不是在某一个瞬间就能完全想透的,不是能够一次性解决的事,怕是活多久就要想它多久了,就像是伴你终生的魔鬼或恋人。所以,十五年了,我还是总得到那古园里去,去它的老树下或荒草边或颓墙旁,去默坐,去呆想,去推开耳边的嘈杂理一理纷乱的思绪,去窥看自己的心魂。十五年中,这古园的形体被不能理解它的人肆意雕琢,幸好有些东西是任谁也不能改变它的。譬如祭坛石门中的落日，寂静的光辉平铺的一刻，地上的每一个坎坷都被映照得灿烂；譬如在园中最为落寞的时间，一群雨燕便出来高歌，把天地都叫喊得苍凉；譬如冬天雪地上孩子的脚印，总让人猜想他们是谁，曾在那儿做过些什么，然后又都到哪儿去了；譬如那些苍黑的古柏，你忧郁的时候它们镇静地站在那儿，你欣喜的时候它们依然镇静地站在那儿，它们没日没夜地站在那儿从你没有出生一直站到这个世界上又没了你的时候；譬如暴雨骤临园中，激起一阵阵灼烈而清纯的草木和泥土的气味儿，让人想起无数个夏天的事件；譬如秋风忽至，再有一场早霜，落叶或飘摇歌舞或坦然安卧，满园中播散着熨帖而微苦的味道。味道是最说不清楚的，味道不能写只能闻，要你身临其境去闻才能明了。味道甚至是难于记忆的，只有你又闻到它你才能记起它的全部情感和意蕴。所以我常常要到那园子里去。

二

现在我才想到，当年我总是独自跑到地坛去，曾经给母亲出了一个怎样的难题。

她不是那种光会疼爱儿子而不懂得理解儿子的母亲。她知道我心里的苦闷，知道不该阻止我出去走走，知道我要是老待在家里结果会更糟，但她又担心我一个人在那荒僻的园子里整天都想些什么。我那时脾气坏到极点，经常是发了疯一样地离开家，从那园子里回来又中了魔似的什么话都不说。母亲知道有些事不宜问，便犹犹豫豫地想问而终于不敢问，因为她自己心里也没有答案。她料想我不会愿意她跟我一同去，所以她从未这样要求过,她知道得给我一点独处的时间,得有这样一段过程。她只是不知道这过程得要多久,和这过程的尽头究竟是什么。每次我要动身时,她便无言地帮我准备,帮助我上了轮椅车,看着我摇车拐出小院,这以后她会怎样,当年我不曾想过。

有一回我摇车出了小院,想起一件什么事又反身回来,看见母亲仍站在原地,还是送我走时的姿势,望着我拐出小院去的那处墙角,对我的回来竟一时没有反应。待她再次送我出门的时候,她说:"出去活动活动,去地坛看看书,我说这挺好。"许多年以后我才渐渐听出,母亲这话实际上是自我安慰,是暗自的祷告,是给我的提示,是恳求与嘱咐。只是在她猝然去世之后,我才有余暇设想,当我不在家里的那些漫长的时间,她是怎样心神不定坐卧难宁,兼着痛苦与惊恐与一个母亲最低限度的祈求。现在我可以断定,以她的聪慧和坚忍,在那些空落的白天后的黑夜,在那不眠的黑夜后的白天,她思来想去最后准是对自己说:"反正我不能不让他出去,未来的日子是他自己的,如果他真的要在那园子里出了什么事,这苦难也只好我来承担。"在那段日子里——那是好几年长的一段日子,我想我一定使母亲做过最坏的准备了,但她从来没有对我说过:"你为我想想。"事实上我也真的没为她想过。那时她的儿子还太年轻,还来不及为母亲想,他被命运击昏了头,一心以为自己是世上最不幸的一个,不知道儿子的不幸在母亲那儿总是要加倍的。她有一个长到二十岁上忽然截瘫了的儿子,这是她唯一的儿子;她情愿截瘫的是自己而不是儿子,可这事无法代替。她想,只要儿子能活下去哪怕自己去死呢也行,可她又确信一个人不能仅仅是活着，儿子得有一条路走向自己的幸福，而这条路呢，没有谁能保证她的儿子终于能找到。——这样一个母亲，注定是活得最苦的母亲。

有一次与一个作家朋友聊天，我问他学写作的最初动机是什么？他想了一会儿说："为我母亲。为了让她骄傲。"我心里一惊，良久无言。回想自己最初写小说的动机，虽不似这位朋友的那般单纯，但如他一样的愿望我也有，且一经细想，发现这愿望也在全部动机中占了很大比重。这位朋友说："我的动机太低俗了吧？"我光是摇头，心想低俗并不见得低俗，只怕是这愿望过于天真了。他又说："我那时真就是想出名，出了名让别人羡慕我母亲。"我想，他比我坦率。我想，他又比我幸福，因为他的母亲还活着。而且我想，他的母亲也比我的母亲运气好，他的母亲没有一个双腿残废的儿子，否则事情就不这么简单。

在我的头一篇小说发表的时候，在我的小说第一次获奖的那些日子里，我真是多么希望我的母亲还活着。我便又不能在家里待了，又整天整天独自跑到地坛去，心里是没头没尾的沉郁和哀怨，走遍整个园子却怎么也想不通：母亲为什么就不能再多活两年？为什么在她的儿子就快要碰撞开一条路的时候，她却忽然熬不住了？莫非她来此世上只是为了替儿子担忧，却不该分享我的一点点快乐？她匆匆离我去时才只有四十九岁呀！有那么一会儿，我甚至对世界对上帝充满了仇恨和厌恶。后来我在一篇题为《合欢树》的文章中写道："坐在小公园安静的树林里，我闭上眼睛，想：上帝为什么早早地召母亲回去呢？很久很久，迷迷糊糊地，我听见回答：'她心里太苦了，上帝看她受不住了，就召她回去。'我似乎得到一点安慰，睁开眼睛，看见风正在树林里吹过。"小公园，指的也是地坛。

只是到了这时候，纷纭的往事才在我眼前幻现得清晰，母亲的苦难与伟大才在我心中渗透得深彻。上帝的考虑，也许是对的。

摇着轮椅在园中慢慢走，又是雾罩的清晨，又是骄阳高悬的白昼，我只想着一件事：母亲已经不在了。在老柏树旁停下，在草地上在颓墙边停下，又是处处虫鸣的午后，又是鸟儿归巢的傍晚，我心里只默念着一句话：可是母亲已经不在了。把椅背放倒，躺下，似睡非睡挨到日没，坐起来，心神恍惚，呆呆地直坐到古祭坛上落满黑暗然后再渐渐浮起月光，心里才有点明白：母亲不能再来这园中找我了。

曾有过好多回，我在这园子里待得太久了，母亲就来找我。她来找我又不想让我发觉，只要见我还好好地在这园子里，她就悄悄转身回去；我看见过几次她的背影。我也看过见几回她四处张望的情景，她视力不好，托着眼镜像在寻找海上的一条船；她没看见我时我已经看见她了，待我看见她也看见我了我就不去看她，过一会儿我再抬头看她就又看见她缓缓离去的背影。我单是无法知道有多少回她没有找到我。有一回我坐在矮树丛中，树丛很密，我看见她没有找到我，她一个人在园子里走，走过我的身旁，走过我经常待的一些地方，步履茫然又急迫。我不知道她已经找了多久还要找多久，我不知道为什么我决意不喊她——但这绝不是小时候的捉迷藏，这也许是出于长大了的男孩子的倔强或羞涩？但这倔强只留给我痛悔，丝毫也没有骄傲。我真想告诫所有长大了的男孩子，千万不要跟母亲来这套倔强,羞涩就更不必,我已经懂了可我已经来不及了。

儿子想使母亲骄傲,这心情毕竟是太真实了,以致使"想出名"这一声名狼藉的念头也多少改变了一点形象。这是个复杂的问题,且不去管它了罢。随着小说获奖的激动逐日暗淡,我开始相信,至少有一点我是想错了:我用纸笔在报刊上碰撞开的一条路,并不就是母亲盼望我找到的那条路。年年月月我都到这园子里来,年年月月我都要想母亲盼望我找到的那条路到底是什么。母亲生前没给我留下过什么隽永的哲言,或要我恪守的教诲,只是在她去世之后,她艰难的命运,坚忍的意志和毫不张扬的爱,随光阴流转,在我的印象中愈加鲜明深刻。

有一年,10月的风又翻动起安详的落叶,我在园中读书,听见两个散步的老人说:"没想到这园子有这么大。"我放下书,想,这么大一座园子,要在其中找到她的儿子,母亲走过了多少焦灼的路。多年来我头一次意识到,这园中不单是处处都有我的车辙,有过我的车辙的地方也都有过母亲的脚印。

三

如果以一天中的时间来对应四季,当然春天是早晨,夏天是中午,秋天是黄昏,冬天是夜晚。如果以乐器来对应四季,我想春天应该是小号,夏天是定音鼓,秋天是大提琴,冬天是圆号和长笛。要是以这园子里的声响来对应四季呢?那么,春天是祭坛上空漂浮着的鸽子的哨音,夏天是冗长的蝉歌和杨树叶子哗啦啦地对蝉歌的取笑,秋天是古殿檐头的风铃响,冬天是啄木鸟随意而空旷的啄木声。以园中的景物对应四季,春天是一径时而苍白时而黑润的小路,时而明朗时而阴晦的天上摇荡着串串杨花;夏天是一条条耀眼而灼人的石凳,或阴凉而爬满了青苔的石阶,阶下有果皮,阶上有半张被坐皱的报纸;秋天是一座青铜的大钟,在园子的西北角上曾丢弃着一座很大的铜钟,铜钟与这园子一般年纪,浑身挂满绿锈,文字已不清晰;冬天,是林中空地上几只羽毛蓬松的老麻雀。以心绪对应四季呢?春天是卧病的季节,否则人们不易发觉春天的残忍与渴望;夏天,情人们应该在这个季节里失恋,不然就似乎对不起爱情;秋天是从外面买一棵盆花回家的时候,把花搁在阔别了的家中,并且打开窗户把阳光也放进屋里,慢慢回忆慢慢整理一些发过霉的东西;冬天伴着火炉和书,一遍遍坚定不死的决心,写一些并不发出的信。还可以用艺术形式对应四季,这样春天就是一幅画,夏天是一部长篇小说,秋天是一首短歌或诗,冬天是一群雕塑。以梦呢?以梦对应四季呢?春天是树尖上的呼喊,夏天是呼喊中的细雨,秋天是细雨中的土地,冬天是干净的土地上的一只孤零的烟斗。

因为这园子,我常感恩于自己的命运。

我甚至现在就能清楚地看见,一旦有一天我不得不长久地离开它,我会怎样想念它,我会怎样想念它并且梦见它,我会怎样因为不敢想念它而梦也梦不到它。

四

现在让我想想,十五年中坚持到这园子来的人都有谁呢?

好像只剩了我和一对老人。

十五年前，这对老人还只能算是中年夫妇，我则货真价实还是个青年。他们总是在薄暮时分来园中散步，我不大弄得清他们是从哪边的园门进来，一般来说他们是逆时针绕这园子走。男人个子很高，肩宽腿长，走起路来目不斜视，胯以上直至脖颈挺直不动；他的妻子攀了他一条胳膊走，也不能使他的上身稍有松懈。女人个子却矮，也不算漂亮，我无端地相信她必出身于家道中衰的名门富族；她攀在丈夫胳膊上像个娇弱的孩子，她向四周观望似总含着恐惧，她轻声与丈夫谈话，见有人走近就立刻怯怯地收住话头。我有时因为他们而想起冉阿让与柯赛特，但这想法并不巩固，他们一望即知是老夫老妻。两个人的穿着都算得上考究，但由于时代的演进，他们的服饰又可以称为古朴了。他们和我一样，到这园子里来几乎是风雨无阻，不过他们比我守时。我什么时间都可能来，他们则一定是在暮色初临的时候。刮风时他们穿了米色风衣，下雨时他们打了黑色的雨伞，夏天他们的衬衫是白色的裤子是黑色的或米色的，冬天他们的呢子大衣又都是黑色的，想必他们只喜欢这三种颜色。他们逆时针绕这园子一周，然后离去。他们走过我身旁时只有男人的脚步响，女人像是贴在高大的丈夫身上跟着漂移。我相信他们一定对我有印象，但是我们没有说过话，我们互相都没有想要接近的表示。十五年中，他们或许注意到一个小伙子进入了中年，我则看着一对令人羡慕的中年情侣不觉中成了两个老人。

曾有过一个热爱唱歌的小伙子，他也是每天都到这园中来，来唱歌，唱了好多年，后来不见了。他的年纪与我相仿，他多半是早晨来,唱半小时或整整唱一个上午,估计在另外的时间里他还得上班。我们经常在祭坛东侧的小路上相遇,我知道他是到东南角的高墙下去唱歌,他一定猜想我去东北角的树林里做什么。我找到我的地方,抽几口烟,便听见他谨慎地整理歌喉了。他反反复复唱那么几首歌。"文化革命"没过去的时候,他唱"蓝蓝的天上白云飘,白云下面马儿跑……"我老也记不住这歌的名字。"文革"后,他唱《货郎与小姐》中那首最为流传的咏叹调:"卖布——卖布嘞,卖布——卖布嘞!"我记得这开头的一句他唱得很有声势,在早晨清澈的空气中,货郎跑遍园中的每一个角落去恭维小姐。"我交了好运气,我交了好运气,我为幸福唱歌曲……"然后他就一遍一遍地唱,不让货郎的激情稍减。依我听来,他的技术不算精到,在关键的地方常出差错,但他的嗓子是相当不坏的,而且唱一个上午也听不出一点儿疲惫。太阳也不疲惫,把大树的影子缩小成一团,把疏忽大意的蚯蚓晒干在小路上。将近中午,我们又在祭坛东侧相遇,他看一看我,我看一看他,他往北去,我往南去。日子久了,我感到我们都有结识的愿望,但似乎都不知如何开口,于是互相注视一下终又都移开目光擦身而过,这样的次数一多,便更不知如何开口了。终于有一天——一个丝毫没有特点的日子,我们互相点了一下头。他说:"你好。"我说:"你好。"他说:"回去啦?"我说:"是,你呢?"他说:"我也该回去了。"我们都放慢脚步(其实我是放慢车速),想再多说几句,但仍然是不知从何说起,这样我们就都走过了对方,又都扭转身子面向对方。他说:"那就再见吧。"我说:"好,再见。"便互相笑笑各走各的路了。但是我们没有再见，那以后，园中再没了他的歌声，我才想到，那天他或许是有意与我道别的，也许他考上哪家专业的文工团或歌舞团了吧？真希望他如他歌里所唱的那样，交了好运气。

还有一些人，我还能想起一些常到这园子里来的人。有一个老头儿，算得一个真正的饮者；他在腰间挂一个扁瓷瓶，瓶里当然装满了酒，常来这园中消磨午后的时光。他在园中四处游逛，如果你不注意你会以为园中有好几个这样的老头儿，等你看过了他卓尔不群的饮酒情状，你就会相信这是个独一无二的老头儿。他的衣着过分随便，走路的姿态也不慎重，走上五六十米路便选定一处地方，一只脚踏在石凳上或土埂上或树墩上，解下腰间的酒瓶，解酒瓶的当儿眯起眼睛把一百八十度视角内的景物细细看一遭，然后以迅雷不及掩耳之势倒一大口酒入肚，把酒瓶摇一摇再挂向腰间，平心静气地想一会儿什么，便走下一个五六十米去。还有一个捕鸟的汉子，那岁月园中人少，鸟却多，他在西北角的树丛中拉一张网，鸟撞在上面，羽毛饸在网眼里便不能自拔。他单等一种过去很多而现在非常罕见的鸟，其他的鸟撞在网上他就把它们摘下来放掉，他说已经有好多年没等到那种罕见的鸟了，他说他再等一年看看到底还有没有那种鸟，结果他又等了好多年。早晨和傍晚，在这园子里可以看见一个中年女工程师，早晨她从北向南穿过这园子去上班，傍晚她从南向北穿过这园子回家。事实上我并不了解她的职业或者学历，但我以为她必是个学理工的知识分子，别样的人很难有她那般的素朴并优雅。当她在园中穿行的时刻，四周的树林也仿佛更加幽静，清淡的日光中竟似有悠远的琴声，比如说是那曲《献给艾丽丝》才好。我没有见过她的丈夫,没有见过那个幸运的男人是什么样子,我想象过却想象不出,后来忽然懂了想象不出才好,那个男人最好不要出现。她走出北门回家去,我竟有点担心,担心她会落入厨房,不过,也许她在厨房里劳作的情景更有另外的美吧,当然不能再是《献给艾丽丝》,是个什么曲子呢?还有一个人,是我的朋友,他是个最有天赋的长跑家,但他被埋没了。他因为在"文革"中出言不慎而坐了几年牢,出来后好不容易找了个拉板车的工作,样样待遇都不能与别人平等,苦闷极了便练习长跑。那时他总来这园子里跑,我用手表为他计时,他每跑一圈向我招一下手,我就记下一个时间。每次他要环绕这园子跑二十圈,大约两万米。他盼望以他的长跑成绩来获得政治上真正的解放,他以为记者的镜头和文字可以帮他做到这一点。第一年他在春节环城赛上跑了第十五名,他看见前十名的照片都挂在了长安街的新闻橱窗里,于是有了信心。第二年他跑了第四名,可是新闻橱窗里只挂了前三名的照片,他没灰心。第三年他跑了第七名,橱窗里挂前六名的照片,他有点怨自己。第四年他跑了第三名,橱窗里却只挂了第一名的照片。第五年他跑了第一名——他几乎绝望了,橱窗里只有一幅环城赛群众场面的照片。那些年我们俩常一起在这园子里待到天黑,开怀痛骂,骂完沉默着回家,分手时再互相叮嘱:先别去死,再试着活一活看。现在他已经不跑了,年岁太大了,跑不了那么快了。最后一次参加环城赛,他以三十八岁之龄又得了第一名并破了纪录,有一位专业队的教练对他说:"我要是十年前发现你就好了。"他苦笑一下什么也没说,只在傍晚又来这园中找到我,把这事平静地向我叙说一遍。不见他已有好几年了,现在他和妻子和儿子住在很远的地方。

  这些人现在都不到园子里来了,园子里差不多完全换了一批新人。十五年前的旧人,现在就剩我和那对老夫老妻了。有那么一段时间,这老夫老妻中的一个也忽然不来,薄暮时分唯男人独自来散步,步态也明显迟缓了许多,我悬心了很久,怕是那女人出了什么事。幸好过了一个冬天那女人又来了,两个人仍是逆时针绕着园子走,一长一短两个身影恰似钟表的两支指针;女人的头发白了很多,但依旧攀着丈夫的胳膊走得像个孩子。"攀"这个字用得不恰当了。或许可以用"搀"吧,不知有没有兼具这两个意思的字。

五

  我也没有忘记一个孩子——一个漂亮而不幸的小姑娘。十五年前的那个下午,我第一次到这园子里来就看见了她,那时她大约三岁,蹲在斋宫西边的小路上捡树上掉落的"小灯笼"。那儿有几棵大栾树,春天开一簇簇细小而稠密的黄花,花落了便结出无数如同三片叶子合抱的小灯笼,小灯笼先是绿色,继而转白,再变黄,成熟了掉落得满地都是。小灯笼精巧得令人爱惜,成年人也不免捡了一个还要捡一个。小姑娘咿咿呀呀地跟自己说着话,一边捡小灯笼。她的嗓音很好,不是她那个年龄所常有的那般尖细,而是很圆润甚或是厚重,也许是因为那个下午园子里太安静了。我奇怪这么小的孩子怎么一个人跑来这园子里。我问她住在哪儿,她随手指一下,就喊她的哥哥,沿墙根一带的茂草之中便站起一个七八岁的男孩儿,朝我望望，看我不像坏人便对他的妹妹说"我在这儿呢"，又伏下身去；他在捉什么虫子。他捉到螳螂、蚂蚱、知了和蜻蜓，来取悦他的妹妹。有那么两三年，我经常在那几棵大栾树下见到他们，兄妹俩总是在一起玩儿，玩儿得和睦融洽，都渐渐长大了些。之后有很多年没见到他们。我想他们都在学校里吧，小姑娘也到了上学的年龄，必是告别了孩提时光，没有很多机会来这儿玩儿了。这事很正常，没理由太搁在心上，若不是有一年我又在园中见到他们，肯定就会慢慢把他们忘记。

那是个礼拜日的上午。那是个晴朗而令人心碎的上午。时隔多年，我竟发现那个漂亮的小姑娘原来是个弱智的孩子。我摇着车到那几棵大栾树下去，恰又是遍地落满了小灯笼的季节。当时我正为一篇小说的结尾所苦，既不知为什么要给它那样一个结尾，又不知何以忽然不想让它有那样一个结尾，于是从家里跑出来，想依靠着园中的镇静，看看是否应该把那篇小说放弃。我刚刚把车停下，就见前面不远处有几个人在戏耍一个少女，做出怪样子来吓她，又喊又笑地追逐她拦截她。少女在几棵大树间惊惶地东跑西躲，却不松手揪卷在怀里的裙裾，两条腿袒露着也似毫无察觉。我看出少女的智力是有些缺陷，却还没看出她是谁。我正要驱车上前为少女解围，就见远处飞快地骑车来了个小伙子，于是那几个戏耍少女的家伙望风而逃。小伙子把自行车支在少女近旁，怒目望着那几个四散逃窜的家伙，一声不吭喘着粗气，脸色如暴雨前的天空一样一会儿比一会儿苍白。这时我认出了他们，小伙子和少女就是当年那对小兄妹。我几乎是在心里惊叫了一声，或者是哀号。世上的事常常使上帝的居心变得可疑。小伙子向他的妹妹走去。少女松开了手,裙裾随之垂落下来,很多很多她捡的小灯笼便撒落一地,铺散在她脚下。她仍然算得漂亮,但双眸迟滞没有光彩。她呆呆地望着那群跑散的家伙,望着极目之处的空寂,凭她的智力绝不可能把这个世界想明白吧?大树下,破碎的阳光星星点点,风把遍地的小灯笼吹得滚动,仿佛喑哑地响着的无数小铃铛。哥哥把妹妹扶上自行车后座,带着她无言地回家去了。

无言是对的。要是上帝把漂亮和弱智这两样东西都给了这个小姑娘,就只有无言和回家去是对的。

谁又能把这世界想个明白呢?世上的很多事是不堪说的。你可以抱怨上帝何以要降诸多苦难给这人间,你也可以为消灭种种苦难而奋斗,并为此享有崇高与骄傲,但只要你再多想一步你就会坠入深深的迷茫了:假如世界上没有了苦难,世界还能够存在吗?要是没有愚钝,机智还有什么光荣呢?要是没了丑陋,漂亮又怎么维系自己的幸运?要是没有了恶劣和卑下,善良与高尚又将如何界定自己如何成为美德呢?要是没有了残疾,健全会否因其司空见惯而变得腻烦和乏味呢?我常梦想着在人间彻底消灭残疾,但可以相信,那时将由患病者代替残疾人去承担同样的苦难。如果能够把疾病也全数消灭,那么这份苦难又将由(比如说)相貌丑陋的人去承担了。就算我们连丑陋,连愚昧和卑鄙和一切我们所不喜欢的事物和行为,也都可以统统消灭掉,所有的人都一样健康、漂亮、聪慧、高尚,结果会怎样呢?怕是人间的剧目就全要收场了,一个失去差别的世界将是一潭死水,是一块没有感觉也没有肥力的沙漠。

看来差别永远是要有的。看来就只好接受苦难——人类的全部剧目需要它，存在的本身需要它。看来上帝又一次对了。

于是就有一个最令人绝望的结论等在这里：由谁去充任那些苦难的角色？又由谁去体现这世间的幸福、骄傲和欢乐？只好听凭偶然，是没有道理好讲的。

就命运而言，休论公道。

那么，一切不幸命运的救赎之路在哪里呢？

设若智慧或悟性可以引领我们去找到救赎之路，难道所有的人都能够获得这样的智慧和悟性吗？

我常以为是丑女造就了美人。我常以为是愚氓举出了智者。我常以为是懦夫衬照了英雄。我常以为是众生度化了佛祖。

六

设若有一位园神，他一定早已注意到了，这么多年我在这园里坐着，有时候是轻松快乐的，有时候是沉郁苦闷的，有时候优哉游哉，有时候悒惶落寞，有时候平静而且自信，有时候又软弱，又迷茫。其实总共只有三个问题交替着来骚扰我，来陪伴我。第一个是要不要去死？第二个是为什么活？第三个，我干吗要写作？

现在让我看看，它们迄今都是怎样编织在一起的吧。

你说，你看穿了死是一件无须乎着急去做的事，是一件无论怎样耽搁也不会错过的事，便决定活下去试试？是的，至少这是很关键的因素。为什么要活下去试试呢？好像仅仅是因为不甘心，机会难得，不试白不试，腿反正是完了，一切仿佛都要完了，但死神很守信用，试一试不会额外再有什么损失。说不定倒有额外的好处呢是不是？我说过，这一来我轻松多了，自由多了。为什么要写作呢？"作家"是两个被人看重的字，这谁都知道。为了让那个躲在园子深处坐轮椅的人，有朝一日在别人眼里也稍微有点光彩，在众人眼里也能有个位置，哪怕那时再去死呢也就多少说得过去了。开始的时候就是这样想，这不用保密。这些现在不用保密了。

我带着本子和笔，到园中找一个最不为人打扰的角落，偷偷地写。那个爱唱歌的小伙子在不远的地方一直唱。要是有人走过来，我就把本子合上把笔叼在嘴里。我怕写不成反落得尴尬。我很要面子。可是你写成了，而且发表了。人家说我写得还不坏，他们甚至说：真没想到你写得这么好。我心说你们没想到的事还多着呢。我确实有整整一宿高兴得没合眼。我很想让那个唱歌的小伙子知道，因为他的歌也毕竟是唱得不错。我告诉我的长跑家朋友的时候，那个中年女工程师正优雅地在园中穿行。长跑家很激动，他说好吧，我玩儿命跑，你玩儿命写。这一来你中了魔了，整天都在想哪一件事可以写，哪一个人可以让你写成小说。是中了魔了，我走到哪儿想到哪儿，在人山人海里只寻找小说，要是有一种小说试剂就好了，见人就滴两滴看他是不是一篇小说，要是有一种小说显影液就好了，把它泼满全世界看看都是哪儿有小说，中了魔了，那时我完全是为了写作活着。结果你又发表了几篇，并且出了一点小名，可这时你越来越感到恐慌。我忽然觉得自己活得像个人质，刚刚有点像个人了却又过了头，像个人质，被一个什么阴谋抓了来当人质，不定哪天就被处决，不定哪天就完蛋。你担心要不了多久你就会文思枯竭,那样你就又完了。凭什么我总能写出小说来呢?凭什么那些适合做小说的生活素材就总能送到一个截瘫者跟前来呢?人家满世界跑都有枯竭的危险,而我坐在这园子里凭什么可以一篇接一篇地写呢?你又想到死了。我想见好就收吧。当一名人质实在是太累了太紧张了,太朝不保夕了。我为写作而活下来,要是写作到底不是我应该干的事,我想,我再活下去是不是太冒傻气了?你这么想着你却还在绞尽脑汁地想写。我好歹又拧出点水来,从一条快要晒干的毛巾上。恐慌日甚一日,随时可能完蛋的感觉比完蛋本身可怕多了,所谓不怕贼偷就怕贼惦记,我想人不如死了好,不如不出生的好,不如压根儿没有这个世界的好。可你并没有去死。我又想到那是一件不必着急的事。可是不必着急的事并不证明是一件必要拖延的事呀!你总是决定活下来,这说明什么?是的,我还是想活。人为什么活着?因为人想活着,说到底是这么回事,人真正的名字叫作:欲望。可我不怕死,有时候我真的不怕死。有时候,——说对了。不怕死和想去死是两回事,有时候不怕死的人是有的,一生下来就不怕死的人是没有的。我有时候倒是怕活。可是怕活不等于不想活呀?可我为什么还想活呢?因为你还想得到点什么,你觉得你还是可以得到点什么的,比如说爱情,比如说价值感之类,人真正的名字叫欲望。这不对吗?我不该得到点什么吗?没说不该。可我为什么活得恐慌,就像个人质?后来你明白了,你明白你错了,活着不是为了写作,而写作是为了活着。你明白了这一点是在一个挺滑稽的时刻。那天你又说你不如死了好,你的一个朋友劝你:你不能死,你还得写呢,还有好多好作品等着你去写呢。

这时候你忽然明白了，你说：只是因为我活着，我才不得不写作。或者说只是因为你还想活下去，你才不得不写作。是的，这样说过之后我竟然不那么恐慌了。就像你看穿了死之后所得的那份轻松？一个人质报复一场阴谋的最有效的办法是把自己杀死。我看出我得先把我杀死在市场上，那样我就不用参加抢购题材的风潮了。你还写吗？还写。你真的不得不写吗？人都忍不住要为生存找一些牢靠的理由。你不担心你会枯竭了？我不知道，不过我想，活着的问题在死之前是完不了的。

这下好了，您不再恐慌了不再是个人质了，您自由了。算了吧你，我怎么可能自由呢？别忘了人真正的名字是：欲望。所以您得知道，消灭恐慌的最有效的办法就是消灭欲望。可是我还知道，消灭人性的最有效的办法也是消灭欲望。那么，是消灭欲望同时也消灭恐慌呢，还是保留欲望同时也保留人性？

我在这园子里坐着，我听见园神告诉我：每一个有激情的演员都难免是一个人质。每一个懂得欣赏的观众都巧妙地粉碎了一场阴谋。每一个乏味的演员都是因为他老以为这戏剧与自己无关。每一个倒霉的观众都是因为他总是坐得离舞台太近了。

我在这园子里坐着，园神成年累月地对我说：孩子，这不是别的，这是你的罪孽和福祉。

七

要是有些事我没说，地坛，你别以为是我忘了，我什么也没忘，但是有些事只适合收藏。不能说，也不能想，却又不能忘。它们不能变成语言,它们无法变成语言,一旦变成语言就不再是它们了。它们是一片朦胧的温馨与寂寥,是一片成熟的希望与绝望,它们的领地只有两处:心与坟墓。比如说邮票,有些是用于寄信的,有些仅仅是为了收藏。

如今我摇着车在这园子里慢慢走,常常有一种感觉,觉得我一个人跑出来已经玩儿得太久了。有一天我整理我的旧相册,看见一张十几年前我在这园子里照的照片——那个年轻人坐在轮椅上,背后是一棵老柏树,再远处就是那座古祭坛。我便到园子里去找那棵树。我按着照片上的背景找,很快就找到了它,按着照片上它枝干的形状找,肯定那就是它。但是它已经死了,而且在它身上缠绕着一条碗口粗的藤萝。我当然记得园工们种那棵藤萝时的情景,我却不记得是在什么时候它已经长到了碗口粗。有一天我在这园子里碰见一个老太太,她说:"哟,你还在这儿哪?"她问我:"你母亲还好吗?""您是谁?""你不记得我,我可记得你。有一回你母亲来这儿找你,她问我您看没看见一个摇轮椅的孩子?……"我忽然觉得,我一个人跑到这世界上来玩儿真是玩儿得太久了。有一天夜晚,我独自坐在祭坛边的路灯下看书,忽然从那漆黑的祭坛里传出一阵阵唢呐声。四周都是参天古树,方形的祭坛占地几百平方米空旷坦荡独对苍天,我看不见那个吹唢呐的人,唯唢呐声在星光寥寥的夜空里低吟高唱,时而悲怆时而欢快,时而缠绵时而苍凉,或许这几个词都不足以形容它,我清清醒醒地听出它响在过去,响在现在,响在未来,回旋飘转亘古不散。

必有一天,我会听见喊我回去。

那时您可以想象一个孩子,他玩儿累了可他还没玩儿够呢,心里好些新奇的念头甚至等不及到明天。也可以想象是一个老人,无可置疑地走向他的安息地,走得任劳任怨。还可以想象一对热恋中的情人,互相一次次说"我一刻也不想离开你",又互相一次次说"时间已经不早了",时间不早了可我一刻也不想离开你,一刻也不想离开你可时间毕竟是不早了。

我说不好我想不想回去。我说不好是想还是不想,还是无所谓。我说不好我是像那个孩子,还是像那个老人,还是像一个热恋中的情人。很可能是这样:我同时是他们三个。我来的时候是个孩子,他有那么多孩子气的念头所以才哭着喊着闹着要来,他一来一见到这个世界便立刻成了不要命的情人,而对一个情人来说,不管多么漫长的时光也是稍纵即逝,那时他便明白,每一步每一步,其实一步步都是走在回去的路上。当牵牛花初开的时节,葬礼的号角就已吹响。

但是太阳,他每时每刻都是夕阳也都是旭日。当他熄灭着走下山去收尽苍凉残照之际,正是他在另一面燃烧着爬上山巅布散烈烈朝晖之时。有一天,我也将沉静着走下山去,扶着我的拐杖。那一天,在某一处山洼里,势必会跑上来一个欢蹦的孩子,抱着他的玩具。

当然,那不是我。

但是,那不是我吗?

宇宙以其不息的欲望将一个歌舞炼为永恒。这欲望有怎样一个人间的姓名,大可忽略不计。

写于八九年五月五日
修改于九〇年一月七日

熟练与陌生

史铁生

艺术要反对的,虚伪之后,是熟练。有熟练的技术,哪有熟练的艺术?

熟练(或娴熟)的语言,于公文或汇报可受赞扬,于文学却是末路。熟练中,再难有语言的创造,多半是语言的消费了。罗兰·巴特说过:文学是语言的探险。那就是说,文学是要向着陌生之域开路。陌生之域,并不单指陌生的空间,主要是说心魂中不曾敞开的所在。陌生之域怎么可能轻车熟路呢?倘是探险,模仿、反映和表现一类的意图就退到不大重要的地位,而发现成其主旨。米兰·昆德拉说:没有发现的文学就不是好的文学。发现,是语言的创造之源,即便幼稚,也不失文学本色。在人的心魂却为人所未察的地方,在人的处境却为人所忽略的时候,当熟练的生活透露出陌生的消息,文学才得其使命。熟练的写作，可以制造不坏的商品，但不会有很好的文学。

熟练的写作表明思想的僵滞和感受力的麻木，而迷恋或自赏着熟练语言的大批繁殖，那当然不是先锋，但也并不就是传统。

如果传统就是先前已有的思想、语言以及文体、文风、章法、句式、情趣……那其实就不必再要新的作家，只要新的印刷和新的说书艺人就够。但传统，确是指先前已有的一些事物，看来关键在于：我们要继承什么，以及"继承"二字是什么意思。传统必与继承相关，否则是废话。可是，继承的尺度一向灵活因而含混，激进派的尺标往左推说你是墨守成规，保守者的尺标往右拉看你是丢弃传统。含混的原因大约在于，继承是既包含了永恒不变之位置又包含了千变万化之前途的。然而一切事物都要变，可有哪样东西是永恒不变的和需要永恒不变的吗？若没有，传统（尤其是几千年的传统）究竟是在指示什么？或单说变迁就好，继承又是在强调什么？永恒不变的东西是有的，那就是陌生之域，陌生的围困是人的永恒处境，不必担心它的消灭。然而，这似乎又像日月山川一样是不可能丢弃的，强调继承真是多余。但是！面对陌生，自古就有不同的态度：走去探险，和逃回到熟练。所以我想，传统强调的就是这前一种态度——对陌生的惊奇、盼念，甚至是尊敬和爱慕，唯这一种态度需要永恒不变地继承。这一种态度之下的路途，当然是变化莫测无边无际，因而好的文学，其实每一步都在继承传统，每一步也都不在熟练中滞留因而成为探险的先锋。传统是其不变的神领，先锋是其万变之前途中的探问。

（也许先锋二字是特指一派风格，但那就要说明：此"先锋"只是一种流派的姓名，不等于文学的前途。一向被认为是先锋派的余华先生说，他并不是先锋派，因为没有哪个真正的作家是为了流派而写作。这话说得我们心明眼亮。）

那，为什么而写作呢？我想，就因为那片无边无际的陌生之域的存在。那不是凭熟练可以进入的地方，那儿的陌生与危险向人要求着新的思想和语言。如果你想写作，这个"想"是由什么引诱的呢？三种可能：市场，流派，心魂。市场，人们已经说得够多了。流派，余华也给了我们最好的回答。而心魂，却在市场和流派的热浪中被忽视，但也就在这样被忽视的时候她发出陌生的呢喃或呼唤。离开熟练，去谛听去领悟去跟随那一片混沌无边的陌生吧。

在心魂的引诱下去写作，有一个问题：是引诱者是我呢，还是被引诱者是我？这大约恰恰证明了心魂和大脑是两回事——引诱者是我的心魂，被引诱者是我的大脑。心魂，你并不全都熟悉，她带着世界全部的消息，使生命之树常青，使崭新的语言生长，是所有的流派、理论、主义都想要接近却总遥遥不可接近的神明。任何时候，如果文学停滞或萎靡，诸多的原因中最重要的一个就是：大脑离开了心魂，越离越远以至听不见她也看不见她，单剩下大脑自作聪明其实闭目塞听地操作。就像电脑前并没有人，电脑自己在花里胡哨地演示，虽然熟练。

1995年9月28日

给冯丽

史铁生

冯丽：你好！

　　传来的文章收到了。这才是好散文，鲜明着散文的两个最要紧的品质：诚实，善思。我把文学的另一个重要品质——疑难——更多地留给小说。（韩少功说，他弄不清的事就写小说，弄得清的写散文，大概也是这个意思吧。）想来，写作——还是说写作吧，因为我从来就不曾研究过什么学——的根本就这三样：诚实、善思多在起点，疑难是永远的终结。

　　诚实，绝不简单，时处今日就更加的不简单。就算我们有诚实之心，我们有诚实之胆吗？人们千言万语地写，是要表白什么，还是要寻找什么？寻找，那就是说我们曾经关闭着什么,忽视、躲避、隐匿,乃至惧怕着什么——当然都是指自己心中的什么,因为外在的寻找多属于科学。我特别想说的一句话是:这些年你几近孤胆独身地在向那"绝不简单之地"开进。——这是你每次走后,我和希米常有的感慨与感动。这是表扬吗?千万别这么理解。为什么"千万别这么理解"呢?还是有着惧怕。若是秦腔那帮哥们儿呢,敢对天说:我表扬你!

"心被拖累着,小心地收紧着,无缘由地担忧着……","'我就是我'的端庄,是我们无法再找回来的风度"。

大概,这正就是写作千难万难要为人找回来的东西吧!但这风度却一向都在受着别人的迫害。这迫害也不简单,它是绕了一千八百个弯儿之后得手的。在今天,我看它经常的面目就是:社会价值感。秦腔那帮兄弟何以凭这般自由,不受它的迫害?他们没沾染这个,他们自信那是唱给天听唱给地听的,一下子就跳过了社会的种种价值束缚。

你对东北、西北和北京之不同的那段分析,可谓经典。但忍受了千年的西北,其反抗,已不仅仅是在社会层面,明显有了超越倾向,是向天而吁了。反抗,一旦诉诸艺术,必然会指向形而上的疑难;或者说,那反抗,终于触到了形而上疑难,这才成就了真正的艺术。就譬如《圣经》中的"出埃及",已不仅仅意味着走出埃及那块地方了。而比如说《窦娥冤》呢,其冤由,永远都固定地指向几个贪官,或几项措施,这便使真正的悲剧难以诞生。刘小枫在其《圣灵降临的叙事》中说,

《圣经》才真正是象征主义的典范。我甚至从那书中读出了这样的意思：好的文学，必是象征主义的——这或许不过是我的误读，且有些极端。

秦腔中那些具体得近乎抽象、凡俗得近乎诡异、平白得好似有所隐喻的歌词，完全是象征主义的——无比辽阔地指向着别处。忽然跳出来用石头砸击板凳的那个人，就好似不堪忍受的魂灵突地跳离了实际，那神情，那凄厉、悲慌又似胆大妄为的嚎喊，直让人不知心惊何处、魄动何由。

其实我是最近才听了一回秦腔的（从林兆华的那出话剧[①]中），一听便被震撼。

铁　生
2006年7月6日

[①] 那出话剧：指林兆华导演的话剧《白鹿原》。——编者注

史铁生创作年表

1985年

小说集《我的遥远的清平湾》由北京出版社出版。

1987年

小说集《史铁生——现代中国文学选集》由日本德间书店出版。

1988年

小说集《礼拜日》由华夏出版社出版。

1991年

小说集《命若琴弦》(英文版)由中国文学出版社。

1992年

散文随笔集《自言自语》由广东旅游出版社出版。

1993年

小说散文评论综合集《我与地坛》由中国社会科学出版社出版。

1994年

小说集《我的遥远的清平湾》由日本宝岛社出版。

1995年

散文集《好运设计》由春风文艺出版社出版。

综合集《史铁生作品集》由中国社会科学出版社版。

1996年

长篇小说《务虚笔记》由上海文艺出版社出版。

1997年

小说集《史铁生——中国当代作家选集丛书》由人民文学出版社出版。

1998年

散文集《史铁生散文(上下)》由中国广播电视出版社出版。

1999年

综合集《史铁生——当代中国文库精读》由香港明报出版社出版。

2000年

散文集《中华散文珍藏本——史铁生卷》由人民文学出版社出版。

2001年

散文集《对话练习》由时代文艺出版社出版。

小说集《往事》由中国青年出版社出版。

综合集《东岳文库——史铁生九卷本》由山东文艺出版社出版。

2002年

长篇随笔《病隙碎笔》由陕西师范大学出版社出版。

摄影插图本《我与地坛》由山东画报出版社出版。

2003年

散文集《想念地坛》由南海出版公司出版。

小说集《命若琴弦》由江苏文艺出版社出版。

2004年

长篇小说《务虚笔记》由台湾木马文化出版。

散文集《记忆与印象》由北京出版社出版。

2007年

长篇小说《我的丁一之旅》由人民文学出版社出版。

2008年

《史铁生文集六卷本》由人民文学出版社出版。

2010年

随笔集《扶轮问路》由人民文学出版社出版。

剧本和影评《妄想电影》由人民文学出版社出版。

百年中篇典藏

林贤治 主编

《阿Q正传》　鲁迅 著

《她是一个弱女子》　郁达夫 著

《莎菲女士的日记》　丁玲 著

《二月》　柔石 著

《生死场》　萧红 著

《林家铺子》　茅盾 著

《丽莎的哀怨》　蒋光慈 著

《长河·边城》　沈从文 著

《阳光》　老舍 著

《八月的乡村》　萧军 著

《小二黑结婚》　赵树理 著

《饥饿的郭素娥》　路翎 著

《组织部来了个年轻人》　王蒙 著

《大淖记事》　汪曾祺 著

《绿化树》　张贤亮 著

《被爱情遗忘的角落》　张弦 著

《人到中年》　谌容 著

《小鲍庄》　王安忆 著

《关于詹牧师的报告文学》　史铁生 著

《褐色鸟群》　格非 著

《妻妾成群》　苏童 著

《小灯》　尤凤伟 著

《回廊之椅》　林白 著

《到城里去》　刘庆邦 著